新潮文庫

秘密の花園

三浦しをん著

新潮社版

8133

秘密の花園

Originally published 2002 in Japan by
MAGAZINE HOUSE, Ltd.
This edition is published 2007 in Japan by
Shinchosha
with direct arrangement by
Boiled Eggs Ltd.

目次

洪水のあとに

体を覆《おお》っていた不快な粘液が洗い流されていく。孵化《ふか》したばかりのヒヨコがねっとりと濡《ぬ》れていると知ったとき、少し失望したことを覚えている。あの硬質な殻の中から出てくるヒヨコですら、生物としての湿り気と無縁ではいられないのだ。

髪の毛を拭《ふ》きながら、廊下の電気のスイッチに手を伸ばした。電気は点《つ》かなかった。何度か試したけれど、廊下は暗いままだ。洗面所から漏れる四角く白い光の中で、私の影が壁にぶつかって奇妙な形にねじ曲がっていた。

最後にこの電球を替えたのは母だった。一時退院してきた母は、家の中の細々したことを点検した。テレビの上に積もった埃《ほこり》を拭き、つまり気味だった台所の排水管に液体状の薬品を流し入れ、父のワイシャツにアイロンをかけ直した。そして、「なゆちゃんとお父さんは、私がいないと本当に駄目なんだから」と言って笑った。私も、「そうだね」と笑ったが、それは嘘《うそ》だった。父と私は、母がいない生活にもそれなりに慣れ、居心地よく日々を送っていた。テレビに埃が積もっても、流しがつまり気味でも、ワイシャツにちょっと皺《しわ》が寄っていても、べつに気にもならなかった。

私の制止も聞かずに、母は一日かけて家を自分の満足のいく状態にすると、疲れたのかリビングのソファに座った。久しぶりに母のいる部屋の風景に、私はもじもじとしてリビングの入り口に立っていた。

「学校お休みさせちゃって、なゆちゃんには悪かったわね」

「堂々と休めて私は嬉《うれ》しいけど」

「そう？」

母の声に力がなかったので、私は急いで話題を変えた。

「お兄ちゃん遅いな。もう帰ってきてもいいころなのに」

そう言って何気なく廊下の電気のスイッチに触れたら、電球が切れていた。そういえば何日か前から点かなくなっていたが、父も私も放っておいたのだ。

「あら、電球切れてるの」

母は目ざとく気がついて、ソファから立ち上がった。

「私がやるよ」

椅子《いす》を運ぼうとする母を慌《あわ》てて止めた。私が椅子を運び、新しい電球を戸棚から出すのを、母はじっと見つめていた。そして私が椅子に上ろうとするのを、「落ちたら大変だから」と押しとどめた。

「なゆちゃんはお母さんがいないと駄目ね」

母はもう一度そう言った。その声は静かで、感想を述べているのとも、私に念押しをしているのとも違うようだった。人に呪《のろ》いをかけるとき、もしかしたらあんな声音と抑揚になるのかもしれない。私を構成している小さな粒。その粒の微細な波動をなぞるようにして、母の乾いた声は私の膚《はだ》の下にもぐりこんだ。

私は母の静けさに押し切られるようにして場所を譲り、電球を取り替えている母の乗る椅子を支えた。

夕方というには遅い時間になって、前後するように兄と父が帰ってきた。私たちは近所にある小さなレストランに行った。兄は大学での生活と慣れない一人暮らしの様子を面白おかしく語ってきかせ、母と私は笑って、うまく料理を食べられないほどだった。父は珍しく、兄につきあって少しアルコールに口をつけた。父と兄の皿が空に近づいているのを見て、私も急いで料理を詰めこんだ。母は、最後まであまり料理に手をつけなかった。そのことに私たちは気がついていたけれど、それを指摘する者は誰もいなかった。

それが、家族が揃《そろ》って食べた最後の夕食になった。

母は翌日には病院に戻り、長いのか短いのかわからない何度目かの入院ののち、四十八日前に死んだ。すぐに焼かれて灰になり、それはなんの変哲もない墓石の下に収められた。葬式はしなかった。お経も上げなかったし、戒名もない。父はいっさいを迷いなく執り行い、兄と私を連れて、墓苑《ぼえん》管理者の立ち会いのもと、母を埋葬した。父と母のあいだで、かねてから死後の段取りが決められていたらしいことを、そのとき初めて私は察した。

父は立ち上がり、振り返って墓石を背に私たちに向き直った。

「お母さんは死んだ」

と父は言った。兄はまた少し泣き、私は何日間か泣きどおしで腫《は》れてしまったまぶたを重くしばたたいた。父は墓苑の人に礼を言うと、私たちの脇《わき》をすり抜けてさっさと歩いていってしまった。管理人はあっけに取られたように、墓の前に立っている私たちと父とを見比べていた。

体《てい》よく管理人を追い払い、兄と私は縁石に腰を下ろした。お互いに、父を一人にしておこうと思っていることが感じ取れていた。兄は煙草《たばこ》に火を点け、立ち上がって風下に移動すると、また座った。私たちはしばらく黙っていた。足もとを蟻《あり》が歩いていた。口には、どこかに供えられていた菓子の小さな欠片《かけら》をしっかりとくわえている。

うつむくとなおさら重いまぶたに邪魔されながら、ピンク色の菓子を運んでいる蟻を目で追った。

「そろそろ行こうか」

墓石を眺めながらゆっくりと煙草を二本吸い終えた兄は言った。兄の背後に、梅雨も終わろうとしている晴れた空が広がっていた。

父は駐車場に停めた車の中で、ハンドルに手をかけて運転している時のようにまっすぐな姿勢で座っていた。窓は全部開けられていた。父は私たちの姿を認めると、エンジンをかけ、窓を閉めてエアコンを作動させた。後部座席に乗りこんだ兄と私に、父は、「もういいのか」と聞いた。お父さんこそ、と思ったが私は黙ってうなずいた。

「じゃあ帰ろう」

と父は言い、私たちは墓地を後にして山を下った。

母が死んでも、それまでの父と二人の生活にはあまり影響がなかったから、私は時々、母が死んだことを忘れてしまう。最近では母がいたことすら、幻か昨日見た夢のように不確かな気がしてきた。

だが、こうして電気の点かなくなった廊下にたたずむと、母がもういなくなってしまったのだということ、気配すらも薄らぎつつあるのだということが、身の内に雪のように静かに降りつもる。

入院しがちで、母はこの家にはあまりいなかった。まだ死んで一ヵ月半ほどだというのに、母の痕跡《こんせき》はこの家から急速に消え去りつつある。今また一つ、母がこの家で生きて動いていた証《あかし》が消えた。消えることによって、確かにここに母がいたのだということを私に知らしめるこの矛盾。

母は夢でも幻でもなく存在し、ここに住む父と私のために電球を取り替えた。そして死んだ。もう会えない。悲しくなって、私は少し泣いてしまった。母の痕跡が消えるたびに私は泣いた。消失によってしか死を確認できない自分が悲しくて泣いた。

母の呼吸が消えて泣いた。肉体が消えて泣いた。肉体を構成していたものの残滓《ざんし》が土の中に消えて泣いた。母の痕跡はどんどん小さくなっていき、今では廊下の電球になってしまった。そのうち痕跡は気がつかないほどに小さくなり、私は涙を流すこともなくなるのだろう。

消失に気づけないほどの消失。それは最初から無かったことと同じではないのか？

冷蔵庫からペットボトルを取りだし、コップに注ぐのが面倒で直接口をつけて茶を飲んだ。扇風機に当たりながらニュース番組を見る。白いレースのカーテンが船の帆みたいに膨らみ、わずかな時間そのまま静止し、急速にしぼんで網戸に張りついた。

隣の家から野球中継の音が聞こえる。

応援の音とまったく合わないテンポで膨らんだりしぼんだりするカーテンを眺めていると、父が帰ってきた。廊下のスイッチをカチカチといじる音がしたが、諦《あきら》めたのか父はすぐにリビングに入ってきた。

「那由多《なゆた》、ご飯は食べたか」

「うん、食べてきた。お父さんは？」

「お父さんももう食べた。廊下の電気が切れてるな」

父は背広の上着と鞄《かばん》をテーブルに置くと、「買い置きがあったはずだが」と戸棚を探した。母が死んでから、父はそれまでよりも少し敏感に家の中のことに対処するようになった。父親としての責任感が芽生えたんじゃないか、と兄は笑う。

手早く電球を取り替えた父は、

「点けてみろ」

と椅子の上から言った。新しい電球はまぶしく灯《とも》り、廊下は隅々まで明るく照らし出された。

「今度の週末はちょっと掃除をしないとな」

私もちょうどそう思ったところだった。

「明日やっておくよ」

「夏期講習は？」

「今日で終わり」

そうか、もうすぐ九月だからな、と椅子から下りた父はカレンダーを眺め、

「明日は四十九日だ」

と言った。「夜は外で食事でもしようか」

「お葬式もしなかったのに？」

「区切りは必要だ。ちょうどいいだろう。丈《じょう》は……来られないだろうな」

「お父さんはいつも急だから。後で電話してみる」

父はネクタイをゆるめ、台所で手を洗った。父には晩酌の習慣がない。ペットボトルからコップに茶を注ぎ、夕刊を開いた父の前に置いた。つけっぱなしのテレビに向かってダイニングの椅子に座った父は、茶を半分ほど飲んでから新聞に目を落とした。その茶には、私の唾液《だえき》が少しは混じっているだろう。野球中継の音はまだ聞こえている。酒が飲めれば、父もいくらでも夜をやり過ごすことができるのにと、いつも少し思う。

「なにか食べたいものはあるか」

ぼんやりとテーブルの脇に立っていた私に、父は顔を上げずに聞いた。

「特には」

「どこがいい。横浜でいいか」

「横浜がいい。明日は翠《すい》の家に行こうと思ってるから」

「じゃあ夕方、仕事が終わったら連絡する」

それ以上は話すことがなくなって、私は自室に引き上げた。本と漫画でいっぱいの小さな部屋だが、私はここをとても気に入っている。ベランダがついていて、マンションの裏を流れる鶴見《つるみ》川に面している。昼間、ずっと締め切ってあった部屋には熱気がこもっていたが、窓を開けると川からの涼しい風が吹きぬけた。

鶴見川は、横浜市の中心部を取り囲むように大きく弧を描きながら、ここから二十キロ先で海に流れこむ。この瞬間にも、二十キロ先では真水と海水がせめぎあっている。今は私の足もとを流れている水が、数時間後には横浜港に注がれることになる。そんなことを想像できるから、私は川べりに建つこのマンションが好きだ。

家に帰ってきた時のまま放り出されていた鞄から、携帯電話を取りだした。翠の自宅の電話は、三回のコールでつながった。

「中谷《なかたに》です」

「翠？　五十嵐《いがらし》ですけど」

「あら那由多」

少し澄ましているようだった翠の声が、いつものさばけたものに変わった。「今日のデートはどうだった？」

「夏休み映画を観《み》たわ。あちこちで爆弾が炸裂《さくれつ》してヘリが飛び交って主人公が筋肉を誇示しながら獅子《しし》奮迅《ふんじん》の活躍をして、最後にビルの屋上から朝日を見ながら女の肩を抱いて、『これで俺の気持ちがわかっただろ？』『ええ、純情と言うにはずいぶん薄汚れているみたいだけどね』。煤《すす》まみれになったお互いの姿を笑い、幸せそうにキスしておしまい、というものよ」

翠は密《ひそ》やかに笑った。

「どこを見ればいいのかよくわからない映画ね」

「つまんなかった。主人公の筋肉ばっかり見てた」

「相変わらずね、那由多」

翠は大げさにため息をついてみせた。「だから生島《いくしま》君を選んだの？」

「まあね。あの予備校で親しい男の子の中では一番ガタイが良かったし、彼なら適任だと思ったのよ」

「適任？　なんの？」

嫌な記憶を忘れるための。忘れるための、なんだろう。恋人だろうか、それとも道具？　私はなんだかゾッとした。この夜にも冷え切っている私の内臓。なんのときめきも高揚もなく、ただただ面倒なことになったと別れの切り出しかたばかりを考えている私の脳髄。

「ねえ、翠。明日遊びに行ってもいい？」

「どうぞ。雑誌が来たから、ちょうどあなたに連絡しようと思っていたところ」

ちょっと沈黙が落ちた。電話口の向こうで、翠の家族が何か話している声と、表を車が通りすぎる音が遠く聞こえた。

「ねえ、翠」

私はまた呼びかけた。「映画の後、薫《かおる》の家に行ったんだ」

「あらあら」

翠は一瞬息を飲み、すぐにさっきと同じように密やかに笑った。

「薫ったら、今日は家に誰もいないから、って切り出すまでに二時間もかかってさ」

「それで？」

「もちろんついていったわよ」

「それで?」

「それで……結局できないって言うの」

「あらあらあら」

翠はすでに笑いを隠そうとしていない。「真剣になってよ」と私は勢いこんだ。

「さんざん人の身体《からだ》をいじくりまわしておいてさ、その……たたないって」

翠は爆笑し、彼女の母親らしき声に、「翠、うるさい!」と怒られた。翠はしばらくヒーヒー言っていたが、やがて息を整えたのだろう。少し声をひそめて言った。

「生島君って本当に健全な男子高校生なの? どっか悪いんじゃないの」

「それか私によっぽど魅力がないか、よ」

「そんなことはないでしょう。木の股《また》を見ても発情するのが高校男子だと聞いてるけど」

情報にあふれた現代に生きる男子高校生は、さすがに木の股では発情しないはずだ。翠の声を聞いていたら、私もなんだかおかしくなってきて、深刻だった気分が少しやわらいだ。

私は翠ほど美しい子を見たことがない。彼女は決して派手ではないが、昔の映画女優のように清楚《せいそ》で凛《りん》とした容姿をしている。学校でも同級生とあまりしゃべったりはせず、一人で本を読んでいることが多い。「木の股に発情」などと言う翠の実態を知っている人間は、学校では私ぐらいだ。

「生島君も初めてだったんでしょう？　緊張しちゃったんじゃない」

「いくらかガタイが良くても脳みそまで筋肉なのも困ると思って、少しは脳に襞《ひだ》のありそうな薫とつきあったんだけど」

「あんまりな言われようね」

翠が初めて、少し薫に同情的になった。父が部屋に近づいてくる音がする。私は早口に囁《ささや》いた。

「やっぱり今度は野獣みたいな、体の中も外も全部筋肉でできている人にするわ」

「那由多、あなたちょっと極端すぎるわよ。どうしてなの？」

いくら「好き」と言われても、私への好意を優しい態度や仕草で示されても、私の心にはちっとも響いてこないからだ。咲くこともなくもげてしまった開店祝いの花籠《はなかご》の中の蕾《つぼみ》みたいに、冷蔵庫の中でゆっくりと腐敗していく生肉みたいに、私の心の奥底の一ヵ所が時間から取り残されて凍りついているからだ。

「明日行くね。おやすみ」

翠はまだ何か言っていたが、かまわずに私は電話を切った。それと同時に、父が部屋に顔を覗《のぞ》かせる。

「丈はなんて言っていた」

「まだ電話してない。今は翠としゃべってたの」

そうか、と父は言い、点検していると取られない程度に、と気を使っているのがありありとわかる様子で、私の部屋を遠慮がちに見渡した。

「明日は『つばめグリル』はどうかな。よく行っただろう」

「うん、いいね。お兄ちゃんにも伝えておく」

「お父さんは明日早いからもう寝るよ」

「はい。おやすみなさい」

「おやすみ」

静けさと夜の風に誘われてベランダに出た。十四階のベランダは、昼間に日差しをためこんだ地面からの放熱とも無縁だ。ゆるやかに流れているはずの川の音もここまでは聞こえない。街灯の白い光を反射して、闇《やみ》に沈んだ水面が時折てらてらと輝くだけだ。

対岸には、何を作っているのかわからない灰色の建物の並ぶ工場街がある。今はその輪郭も定かではない。煙突に取りつけられた赤いライトが規則的に明滅している。

目を凝《こ》らすと、いくつかの窓にはまだ明かりが灯り、人か機械か、何かが慌《あわ》ただしく立ち働く気配がしているのがわかる。

マンションの表側に通っている線路を、横浜線の最終電車が走り抜けていく音がする。

鶴見川は海を目指して流れている。だがどんなに下流を見晴るかしても、断ち切られたような暗闇が広がるばかりだ。

地図を見ると、この川はうねりながら確かに海に通じている。だけど私は、川べりを歩いて海まで行ったことなどない。この川が実は細長い池だったとしても私は驚かないだろう。海に続くと信じて見つめるあの暗闇のあたりが、すでに世界の終わりだったとしても私は失望しないだろう。池だったとしても、世界の終わりだったとしても、私の生活は何も変わりはしないのだから。

私は何も体験しない。私は何も希望しない。ただ、旧約聖書に出てくる大洪水みたいに、すべてを押し流してしまおうとする強い力が体内にあるのを感じる。それは私に囁きかけている。私は間違っていた。私は間違っていた。もう一度やり直すべきだ、と。

人生をやり直せるとしたら、いつに戻りたいか、という意味のない仮定をたまに聞く。ドラマや映画のありきたりな物語設定や、友だちの間での他愛のないおしゃべりの中で。まだ十七年しか生きていない友人たちは、「この学校に入学した時から」とか、「生まれた時からやり直さなきゃ」などと言って笑いあう。あわせて笑いながら、私の中には黒い光が射《さ》しこんだみたいにくっきりとした答えがある。

戻るのなら、十年前の兄の誕生日に。

電話の音で室内に呼び戻された。携帯電話を手に取ると、薫の名前が表示されている。電話をタオルケットに包み、じっとやり過ごした。電話が鳴りやんでから着信記録を見ると、翠と話していた時間を除いて、十五分から三十分おきに薫からかかってきていた。私は「着信拒否」に薫の番号を登録すると、明日のことを伝えるために、一人暮らしの兄の部屋に電波をつないだ。

昼までかけて家中を掃除した。リビングダイニングと廊下は念入りに、掃除機をかけた後に床を雑巾《ぞうきん》で拭《ふ》いた。母がしていたことを思い出して、リビングにあるテレビも拭いた。今は父が一人で使っている寝室にも掃除機を転がしていく。

寝室に据えつけられた机には、父が仕事で使っているらしいパソコンが一台乗っているだけだ。いくつかのファイルが整然と並べられている。机の上とパソコンを拭き、絨毯《じゅうたん》の敷かれた床に掃除機をかけた。窓側のベッドにはカバーがかけられ、うっすらと埃《ほこり》が積もっている。どうしたらいいのかわからず、そのベッドはなるべく視界に入れないようにした。

私の部屋と隣りあわせて川に向いているベランダには、朝に干した父のタオルケットがはためいていた。夏の空に向かって手招くように、魂をよびよせるみたいに。

私は雑巾を手にリビングに戻った。壁にはめこまれた収納の扉を開けると、ちょうど目線の位置の棚に母の小さな遺影がある。それを拭こうとして、雑巾はよくないだろうと思い、ダイニングのテーブルにあったティッシュで拭いた。母は笑っている。引っ越してきた時にこのマンションの前で撮ったものだ。五年前の母が笑いかけている。だがその目は写真を眺める私ではなく、どこか遠くを見ているようだ。

「レンズを見てと言われても、レンズの中のどのあたりを見ればいいのかわからない」

と母はたびたび言った。

「君の言ってることがよくわからない」

とカメラを構えた父は言う。「表面あたりでいい。奥まで覗きこもうとしないでいいんだ」

使われていない兄の部屋に続いて、自分の部屋にも掃除機をかける。狭い部屋の一隅に、もう読まなくなった漫画が積み上げられていて、掃除機をかける面積はますます小さくなっている。近いうちに翠に来てもらって、欲しい漫画がないか聞いてみないといけない。

「漫画が好きなの？」

一緒に入った本屋の漫画コーナーで、少し歩調をゆるめた私に薫は聞いた。

「ううん、たまに読むていど」

さりげなく売場から離れた私の後を、薫は急いで追ってくる。薫は私の動作や視線にとても敏感だ。それだけ私のことを気にかけているということだろう。だがそれが恋のなせるわざなのだとしたら、恋とはなんと鬱陶《うっとう》しく中途半端《はんぱ》なのか。どうせなら私が漫画を好きで、しかしそのことに触れてほしくないと思っていることまで察してくれればいいものを。

自分勝手な言い分がさすがにおかしくて、私は一人で笑った。そこまで薫に、いや、自分以外の人間に求めるのは異常だ。私は異常だ。自分のクローンと恋をするしかない人間だ。

悲劇のヒロインみたいに大仰に自分の思考に酔いながら風呂《ふろ》を洗った。トイレも磨き、洗面所と台所の排水管に、母が買い置いていた液体を注ぎ入れた。

汗をかいたのでシャワーを浴び、パフスリーブになっている膝丈《ひざたけ》の黒いワンピースをかぶった。軽く化粧をしてから父のタオルケットを取りこみ、すべての部屋の窓を閉める。玄関で今日のワンピースに合う傘をさがした。柄《え》の細い、昔の貴婦人が持つような小振りで膨らみのある黒い傘を選ぶ。雨傘だがかまわないだろう。ビーズのついた華奢《きゃしゃ》なミュールを履いて家を出た。

夏の一日の中でも一番日差しの強い時間を迎えていた。線路沿いを五分歩くとJRの鴨居《かもい》駅だ。小さな駅は人影もまばらで、私は子どもの口にあめ玉を押しこんでいる母親をぼんやりと見ていた。駅のホームでは、みんなが静かに同じものを待っている。

電車は空《す》いていた。昼の電車はひんやりと冷やされて明るい。乗客はプラスチックの容器に入って運ばれる生鮮食品みたいに、等間隔を保っておとなしく座っている。太陽は高く昇っていて、ステンレスの電車の屋根にじりじりと照りつけている。でも空調のきいた車内にはなんの影響もない。空から見たら、この電車の屋根が白く輝きながら、なめくじのように街のほうに向かっているのがわかるだろう。でも今のところ、窓の外にはのどかな田園風景が広がっている。短い区間だけ川と並行して走る電車は、すぐに道を分かたれて、名残惜しげに土手から遠ざかっていく。

この後、どれだけこの電車に乗っていても、もう二度と鶴見川を見ることはない。海の近くを通ることがあっても、見えるのは運河と人工的な港ばかりだ。本当に川が海に注いでいるのか見届けることはできない。私はさっさと電車を降りる。一緒の車両に乗った子どもは、またあめ玉を含まされていた。

菊名《きくな》駅はいつでも工事や修理をやっている。階段を上り下りして東急東横線の乗り場に行く。途中ですれ違った部活動に行くらしい男子高校生が私を見た。おおかたの人は私の容姿に好感を抱く。薫もそうだった。夏期講習で通っていた予備校で、薫に会った。薫は座っている私に近づいてきた。彼が私をいつも見ていたこと、今まさに近づいてきていることを知りながら、私は何食わぬ顔で淑子《としこ》としゃべっていた。

私たちの前に立った薫は、軽く咳払《せきばら》いした。わざとらしいものではなくて、本当に喉《のど》に何かつかえているみたいに。緊張すると喉元につかえるもの。あれはなんだろう。空気よりも重いもの。あれこそが、血液の中からにじみ出て、喉で凝《こご》って外に飛び出そうとしている心そのものなのかもしれない。

薫は結晶して詰まってしまった心を、咳払いで再び血中に霧散させると言った。

「とても綺麗《きれい》ですね」

私は目を上げてじっと薫を見た。薫は私を見ていた。彼の顔はどんどん赤くなって

いき、私が、

「何が？」

と聞くと困ったようにへらっと笑った。

私はほとんど彼に対する興味をなくした。淑子が私の脇腹《わきばら》を肘《ひじ》でつついたけれど無視した。薫はそんな私の態度にまだ気がついていないのか、屈託なく続けた。

「いつもちょっと変わった格好してる。今日のそのバッグ……」

薫は私が机の上に置いていた犬の形をした小さなバッグを指した。「アンナ・カリーナが持っていたやつみたいだ」

ああ、なんと陳腐な出会い。でもこの陳腐さが世の中にあふれている出会いというものなのかもしれない。私はにっこりと笑った。

「映画が好きなの？」

「いや」

と、薫は初めて私から視線をそらせた。「たまたまこのあいだビデオで見ただけ。いつもはハリウッドのアクション映画ばかり見てる」

「私も、始まってすぐに恋に落ちて、あとは喧嘩《けんか》別れしたりまたくっついたりばかりのフランス映画はあまり好きじゃない」

「そう？」

「うん」

「俺、生島薫。開明《かいめい》高校二年」

「五十嵐那由多。聖フランチェスカ二年。生島君、この後は暇《ひま》？」

薫は肉をちらつかされた犬みたいに素直に喜びを表現した。

「暇だよ。講義が終わったら教室の外で待ってる」

薫は、ニヤニヤとこちらの様子をうかがっていた友人たちのほうに戻ろうとして、足を止めた。

「気になってたんだけど、テキストはどこに入ってるの」

私は犬の腹を開き、折り畳んで入れていた紙を取りだしてみせた。

「ページを破り取ったの？」

「今日やる分をね」

「君ってやっぱりちょっと変わってるよ」

そうだろうか。毎日律儀《りちぎ》に重いテキストを持って歩くほうが変わっている。

「じゃあ、また後で、五十嵐さん」

席に戻った薫は、友人たちに囃《はや》されたり小突かれたりしていた。

「珍しいわね、なゆちゃん」

淑子がにこにこして言った。「あの『墨汁』のこと気に入ったの？」

「墨汁？」

淑子はじれったそうに早口でヒントを出してくれた。

「開明高校の制服ってどんなだったでしょう？」

たしか、今どき珍しいような黒い学ランだ。私は数瞬考え、「ああ」と納得した。

「面白いあだなを考えつくね、淑子は」

「私が考えたんじゃないよ。昔っから女子高生の間では、開明高校は『墨汁』だよ」

疎《うと》いんだから、あきれた、と淑子は笑い、

「それで、どうなの？」

と重ねて問う。

「どうかな……。後で淑子も一緒に来てくれるでしょ？」

「もちろん。あっちも友だちいるみたいだし。それにしても、どっちが男だか女だかわからない名前ねえ」

淑子はからかうように言った。

どうして薫のことなど思い出してしまったのだろう。東横線に乗り、鞄《かばん》から携帯電話を取りだした。薫はまだ私と連絡を取ろうとしているのだろうか。気分が沈みそうだから、考えるのをやめて小さな銀色の機械を掌《てのひら》でもてあそんだ。今日は、医者が往診の時に持つような、広い底のある黒い鞄だ。授業の後に行ったファーストフード店で、薫は犬のバッグの鼻をそっと押した。また考えている。私の脳みそのはずなのにどうしてたまにコントロールがきかないのだろう。窓の外を落ち着いた家並みが流れていく。

これまで私の名前をからかったり、由来を聞いたりしなかったのは翠だけだ。中学の入学式から一週間ほどたって、翠と私は初めて言葉をかわした。私たちはすぐに、お互いをとても近しい人間であると認めた。それから今までずっと一緒にいる。クラスが別れても私たちの距離感にはあまり変わりがなかった。今年になってまた同じクラスになり、私は授業中の翠の機転のきいた受け答えに一人で肩を震わせて笑う。教師の困惑顔。翠のすまし顔。

「ついついからかっちゃうのよね。青臭いことしちゃうの」

そう言うけれど、翠はいつでも冷静だ。気が向くと翠は教室を抜け出して屋上に行く。でも私を誘ったことは今まで一度もない。私も翠といたい時には、彼女を探しに行って屋上で一緒にごろごろする。授業を受けたい時には放っておく。私たちはとてもうまくやっている。

五年前、翠は学校の中庭にある花の散りはじめた桜の木の下で笑った。

「那由多。いい名前ね。仏教徒なのにカトリックの学校に入学したの?」

彼女の才気、十日前まで小学生だった気配をすでに微塵《みじん》も感じさせないすらりとした容姿に圧倒されながら私は答えた。

「仏教徒っていうわけじゃないの。私が生まれた時に父がちょうど、『わかりやすい仏教入門』を読んでいただけ」

翠は笑って、もう一度、「いい名前だわ」と言った。私もくすくすと笑いながら、

「私の兄は丈っていうの。五十嵐丈。特撮戦隊物のヒーローみたいな名前でしょ?」

「それはもしかしなくても、あのボクシング漫画から?」

「お察しのとおり」

私たちは笑いながら昇降口に向かった。校舎に入ろうとして体についた桜の花びらをつまみ取っているとき、翠はふと動作を止めた。

「そうか、どっちも単位の名前なのね」

「よく気がついたわね」

私は心底驚いて言った。今まで、私の名の由来をすぐに察した同年代の人間なども

ちろんいなかったし、兄と私の名前の共通項にまで気がついた人もいなかった。

「私の弟の名前はねえ、ヘキというの。紺碧《こんぺき》の碧《へき》よ。どこの親も同じようなことを考えるのね」

白楽《はくらく》駅で電車を降りた。階段を下りるとすぐ、小さな商店街がある。その一角で、翠の家は本屋を営んでいた。「中谷書店」と白地に黒で書かれた看板が掛けられている。一階が店で、翠たち家族は二階に住んでいた。建物は古く、灰色の石造りの昔ながらの商店だ。伊勢佐木町《いせざきちょう》あたりでは今もたまに見かけるが、白楽では珍しい。

店に入ろうとすると、ちょうど出てきた碧とすれ違った。Tシャツの肩にバスタオルをかけている。

「なゆさん、久しぶり」

「銭湯にでも行くの?」

「小学校の開放プールの監視員バイト。ガキのお相手」

高校一年生の碧もじゅうぶん子どもだが、ちょっと見ない間にずいぶん背が伸びていた。

「翠なら奥だよ」

そう言って碧は、手には何も持たない身軽な格好で行ってしまった。

「こんにちは」

中谷書店は、十二、三歩ほどの奥行きの小さな店だ。入ってすぐのレジに声をかけると、スポーツ新聞を読んでいた翠の父親が顔を上げた。

「いらっしゃい。おーい、翠！」

声に反応し、雑誌を立ち読みしていた数人の客が、ちらとこちらに視線を向けた。奥にある小さな事務所兼自宅に通じる階段のある扉が開いて、翠が顔を出す。

「待ってたわ。上がって」

狭くて急な階段を上る。目の前には小さくて白い翠の踵《かかと》がある。階段は一足ごときしむほどに古かったが、手入れと掃除がいつも行き届いている。階段を上りきった右手にある台所から、翠の母親が現れた。

「お邪魔します」

「なゆちゃん、お昼食べた？」

翠の母親は愛想良く、さばけた調子で聞いてきた。掃除に夢中になっていて昼ご飯のことをすっかり忘れていた私は、ちょっと口ごもった。この夫婦はバランスが取れているといつも会うたびに思う。翠の父親は客商売にはあまり向いていないと思われる仏頂《ぶっちょう》面《づら》だが、母親はいつもにこにこして親切だ。

「まだだったらもうすぐできるから食べていって。遠慮しなくていいから」

そう言って翠の母親は台所に引っこんだ。翠が母親の後に続いて台所に入り、盆に乗せたお茶のコップとスナック菓子の袋を持ってきた。階段のそばでぼんやりしていた私を促し、自室に通してくれる。

翠の部屋の窓からは、隣の花屋の側壁しか見えない。それでも、翠らしく機能的に整頓《せいとん》された部屋は落ち着いて居心地がよかった。

「また少し本が増えたみたい」

「これでも、店にあるものはここには置かないようにしてるんだけど」

翠はコップを手渡しながら困ったように顔をしかめた。「適当に座って」

時を経て少し毛羽立ってきている畳に腰を下ろし、見知らぬ家に来た室内犬みたいに、なおも部屋を見回した。

「翠、布団《ふとん》はどうしたの？」

ほとんどなんでも完璧《かんぺき》にこなす翠だが、布団だけは万年床だ。以前遊びに来たとき、窓からわずかに射《さ》しこむ日光の移動に合わせて、布団の位置をずらす翠に驚いた。

「さっきから何をしてるの？」

と聞くと、翠は平然として答えた。

「布団を干してるのよ」

その布団がない。翠はスナック菓子の袋の口を開けながら、顎《あご》で軽く押入れを示した。

「しまっちゃった。あんまり暑いから近ごろは畳に転がって寝てる」

「へえ」

あきれたような感心したような気分になって、私は畳にそっと掌を押し当ててみた。たしかに一瞬はひんやりとする。

「私も試してみようかな。最近あまり眠れないから」

「生島君のことで？」

そうではない。薫のことは、物事のたんなる促進剤にすぎない。加速度をつけて何かが迫っている。薄い氷を隔てたすぐそこに、鈍い水音を立てて体の奥から浮かびあがってきたものが息をひそめている。朝日が地平線にほんの少し熱を伝えると、とたんに鳥たちが目を覚まして鳴きだすように、毎日毎日、ふとした拍子に私は思い出す。屈辱を、痛みを、驚愕《きょうがく》を、怒りを、悲しみを。皮膚の下で何千匹もの小さな虫が蠢《うごめ》いているようで、私の意識は冴《さ》え渡り、眠りはいつまでも訪れない。

どうしてこんなことになったのか。何が引き金になったのか。引き金は……たぶん母の言葉だ。私を呪縛《じゆばく》しようとするあの言葉。それに対する懼《おそ》れと、強い「否《いな》」の思いが、私の記憶を呼び覚まし、私の内部を変化させた。

翠は私をじっと見ていた。彼女は私の変化に気がついている。私が何かに振り回され、そのことに苛立《いらだ》ちを感じていることに気がついている。でも、これまでの私たちの友情の流儀に則《のっと》って、自分から私に踏みこむようなことはしない。ただ、

「ぶちまけたほうが楽になる時もあるわよ」

と、素っ気ないふうを装《よそお》った声音で、聞く用意があることを示すだけだ。

「べつになんにもないの。いつまでも蒸し暑くて寝苦しいっていうだけ」

だから私は笑ってごまかす。私を振り回すのは、自分自身の中にある記憶だ。誰とも分けあうことはできない。話したところでそれは無意味だ。もしかしたら私は、薫に期待したのかもしれない。古城で目覚めた怪物のように醜悪な記憶から、私を解き放ってくれるのではないか、と。伝説の勇者のように怪物を倒し、窓からは再び清らかな光が射しこむ。そんな夢想を、薫の上に見たかったのかもしれない。

愚かなことだ。王子様は白馬から落ちて死んだ。私は小さいころに読んだ漫画を思い出してちょっと笑った。あの漫画の主人公の少女には、落馬して死んだ男の他に、実は彼女の本当の王子様になるべき「運命の人」が存在していた。しかしそれこそ漫

画の世界の話だ。王子などとうの昔に死んだのだ。私は、苦みとえぐみがなくなるまで何度でも、一人で古い記憶を反芻《はんすう》し、噛《か》みしめるほかないのだろう。

翠は用心深く明るい声を出す。

「那由多の部屋にはクーラーがあるじゃない」

「寝るときはつけないもの」

いただきます、と言って私は茶を飲み、菓子をつまんだ。ちょっとした沈黙が部屋に落ちる。翠は待っている。沈黙の深さを測りながら。彼女が私を心配していることがわかる。彼女の静かな優しさを感じる。だから私は敢《あ》えて、沈黙のごく表層部分を構成していた出来事についてだけ話す。

「薫の番号、着信拒否にしちゃった」

翠は、私が鞄から取りだした携帯電話の液晶画面をちらりと見る。

「どうして?」

翠の声は私を責めてはいないし、薫に同情してもいない。

「舐《な》められたり擦《こす》ったりされるのにはうんざりだってことがわかったから」

「そんなことしなくても、一緒にいることはできるでしょう」

「友だちならばね」

「……よくわからないわ」

翠は半分ほど飲んだ麦茶のコップを床に置いた。ガラスの表面からこぼれ落ちた水滴が畳を濡《ぬ》らした。

「そう？　単純なことだと思う」

私はその水を、指先で意味もなく畳から拭《ぬぐ》い取ろうとする。乾いていなければいけない。水が染《し》みこみ、湿ったら、どんなものでも腐っていく。

「たとえば翠と私だったら、こうして話したり本を読んだりしていればそれでいいでしょ？　でも薫と私は違う。だから、『今日は家に誰もいない』って言うまでに二時間もかかったり、そんな薫を見てイライラしたりするのよ」

草食動物のため息みたいな音で翠はうなり、携帯電話を私の手に戻した。私はそれをかたわらに転がし、畳に足をのばす。翠は背にしていた学習机の引き出しに頭をもたせかけた。

「それで今度は、野獣みたいな人とつきあうの？」

「さあ、そうなるかもね」

と私は言ったが、そうはならないだろうことはわかっていた。私は誰にも触れてほしくないし、何者にも侵されたくない。遠くで何かがあふれ、渦巻き轟《とどろ》くのが聞こえる。私の体におずおずと口づけし、撫《な》で、擦りたてる薫の指を感じながら、私は乾いて凍えていた。脳みそは宇宙と交感できそうなほどに隅々まで冴え渡り、胸の上にある薫の頭を優しく撫でながら天井の染みを見ていた。薫、その調子でいくら擦ったって、私は射精はしないのよ。気が狂ったみたいに笑いながら、そう叫んで彼の体を押しのけてしまいたかった。クーラーがききすぎている。自分でも驚くぐらい体温が下がっている。でも薫の体には汗が浮いていて、私は唐突に、「ああ、夏なんだよな」と思い当たる。

いくら野獣のような男でも、死人みたいに冷たい女は抱けないだろう。

「生島君のことを、那由多はあんまり好きじゃなかったっていうことかしらね」

翠は机に寄りかかったまま、私を見ずにぽつりと言った。嫌いではなかった。少なくとも、裸になって一緒にベッドに入れる程度には。

目を伏せると、体の奥底に流れる冥《くら》い水の音が聞こえる。

洪水の後に、すべてが押し流された大地が現れたとき、ノアは、箱舟に乗った動物たちは、どんな思いでその新しい土地を眺めたのだろう。何もなくなった大地を見て、神の御業《みわざ》に感激したのか。破壊の痕跡《こんせき》を認めてそれでも、その心には一片の爽快感《そうかいかん》、優越感も生まれなかったのか。

大きな衝動が私の中に生まれている。それはあふれ出る場所を求めて渦巻いている。私は待っている。この洪水が、私の中にある乾いて引きつった痕跡を激しい力で押し流す瞬間を。怯《おび》えにも似た高揚感は、まるで復讐《ふくしゅう》の前夜のように私の体を震わせる。何気なく腕を伸ばして本の山から取った一冊。ぱらぱらと頁《ページ》をめくった私は、ある一行を見て動きを止めた。

母上に穴が一つ少なかったらよかったのにと思う。

水音が近づいてくる。電波を受信することをやめたテレビのような、無機質な轟きが迫っている。私はすべてを押し流してしまいたい。そのことによって、今までの私の足場が不毛の泥地に変わろうとも。生き物の粘液体液すべて洗い流して快哉《かいさい》を叫びたい。

私が神なら、箱舟につがいを乗せたりはけしてしないだろう。

「具合でも悪いの？」

と心配そうに翠が聞いた。

翠の家の小さなテーブルで、遅い昼食を取った。錦糸卵《きんしたまご》のいっぱい載ったちらし寿《ず》司《し》。碧の好物だから、と翠は言った。今日は碧の誕生日なの。私が先に食べてしまっていいの？　と聞くと、翠はもちろん、と言って皿にちらし寿司を取り分けてくれた。翠の母親は店に下りたのか、台所にはいなかった。

扇風機がぬめった空気を攪拌《かくはん》する。甘めに作られたカルピスに浮いた氷が、音を立てて白い液体の中に沈んだ。

「水道水で割ったカルピスって久しぶり」

舌の奥にできる縒《よ》れた紙のように小さな白い固まり。私はこれが嫌いで、小さいころは白いカルピスを飲まなかった。詰め合わせの中に一本混じっている、貴重なオレンジやグレープ味のカルピスを好んだ。母の作るカルピスは、いつだって薄めだ。歯が溶けてしまうから、あんまり甘くしちゃ駄目よ。カルピスを飲むと口に残る白い固まり。それが溶けだした歯の残滓《ざんし》のように思えて、私は身震いした。私は自分の体の硬い部分が好きだった。歯や爪《つめ》。くるぶしの骨。そういうものに触れていると安心できた。

柔らかい部分から生え、柔らかいものにくるまれている硬い物。どこもかしこも柔らかい私の体から、こんな硬いものが律儀《りちぎ》に決まった場所に生成される。湿り気がなくて硬い爪は、特に好きな部位だった。病気が進行するにつれて甘皮のように薄くなっていく母の爪を惜しみ、彼女の指先によく触れた。

「缶入りのものは味が薄いって碧が言うのよ。濃厚なのを飲みたがるから、未《いま》だに原液を割るの」

蝉《せみ》が鳴いている。商店街に数本残った木にしがみついて鳴いている。このコップの中の水がどこから来て、カルピスと混じりあったのかを私は知らない。私の体内に取りこまれ、その後どこへ流れていくのかも。

翠は黙りがちな私に、無理に話しかけてはこなかった。食器を洗い、残ったちらし寿司にラップをかけて冷蔵庫に入れる。流れだしてくる冷気を厚い扉で遮断して、翠は私を振り返った。

「せっかく来てもらったのに、肝心のものをまだ見せてなかった」

翠の部屋の畳に座って、差し出された雑誌を眺めた。「東京五色不動めぐり」という小特集が組まれ、簡単な地図と不鮮明な写真が載っている。

「本当に今でもあるのね」

夢の中の書物をつまぐるように慎重に頁をめくってから、私はそっと雑誌を閉じた。

「でも見ないでおくわ。探す楽しみがなくなっちゃう」

知らず顔がほころんでいた。翠は学習椅子《いす》をぎしぎしと前後させて揺れながら、満足そうにうなずいて笑った。

「那由多ならそう言うと思った」

中学三年の冬、私たちは学校の屋上に並んで座りこみ、色のつく地名を飽かず挙げていた。エスカレーター式にフランチェスカの高校に行くのが、翠も私も嫌だった。だが、外部の高校を受験したいという私たちの願望は叶《かな》いそうもなかった。私は、母親の病気で家中が緊張しており、そんなことを言い出せる雰囲気ではなかったし、意を決して家族に切り出した翠も、「せっかく私立の学校に入れたのに贅沢《ぜいたく》を言うな」と父親に一喝されておしまいだった。

自分のことを自分の思うように決定できない立場に焦《じ》れて、その日の私たちの居場所は屋上にしかなかった。フェンスの向こうには、海にかかる大きな橋がそびえている。首吊《くびつ》り台を二つ並べた間に道を通したようなデザインの橋だ。冷たい色をした首吊り台には、どんよりとした空に向かって点滅する明かりがついている。すり鉢状に海へとなだれ落ちていく緑の丘。斜面に点在する白く豪華な家々。港に近づくにつれて建物は小さく密集していく。人工的に切り取られた岸壁と、寒さで青白く凍えたような海。大きな橋の先にある水平線は、靄《もや》がかかっていて今日は見えない。橋の下を通って、白い潮を引きながらゆっくりと沖に出ていく船がいる。

白楽、青物横丁、青葉台……。身近な駅名から始めた私たちの遊びは、当然のように青山、赤坂といったあまり馴染《なじ》みのない地名にまでおよび、目黒、目白ときて、はたして目赤や目青はあるのか、という疑問に帰着した。

「さあね、どうでもいいわ。それより問題は、あと三年もこの学校で過ごさなきゃならないってことよ」

私は立ち上がって、フェンスに背をもたせかけた。海からの風が背中にあたり、お仕着せの紺のコートが冷えていく。

「立ったら見つかるわよ」

翠の言葉にかぶさるように授業の終わりを告げるチャイムが響き、同時に、中庭を挟んで正面に位置する職員室から校内放送が入った。

「屋上にいる生徒！　授業中になにしてる。そこは立入禁止だぞ」

翠も立ち上がり、私の横で同じようにフェンスに寄りかかった。

「体育の木島だわ」

「あいつちょっとヒステリー気味。男のくせに」

「あら、差別的ね」

翠はそう言ってひょいと肩をすくめた。私は、「だって」と唇をとがらせる。

「授業中にちょっとさぼって屋上に行くぐらい、あの人だって学生のころにいくらでもしたでしょうに。だいたいどうして屋上を立入禁止にする必要があるの？」

「感じやすい年頃の乙女たちが、激情にかられて飛び降りたりしないように」

淡々と答えた翠の横顔を私は眺めた。

「それ本当？」

「学年と名前は！」

木島はまだマイクを通してがなっている。

「三年C組、五十嵐那由多」

「同じくB組、中谷翠」

私たちはボソッと答え、「木島って本当に馬鹿《ばか》ね」と笑いあった。屋上から階段に通じる扉を開けると、ちょうど階段を上ってこちらに向かってきていた美術の高島と鉢合わせた。絵の具で汚れた白衣を引っかけ、寒いのに素足にサンダル履きの高島は、私たちを見上げて笑った。

「やっぱりあんたたちか。うまく言っておくから、早く教室に戻んなさい」

その数日後、翠が珍しく興奮した体《てい》で私のいる教室に入ってきた。

「那由多、見つけたわよ。やっぱり目黒と目白だけじゃなかった。目赤と目青と目黄。

五色不動と言って、色にちなんだ不動尊が東京に五カ所あるんですって」

翠の持ってきた文庫本を私もむさぼるように読んだ。天上からかすかに投げ下ろされる運命の糸。それを丁寧に織りあげたタペストリーのように豪奢《ごうしゃ》で繊細な探偵小説。悲しく美しいその物語では、五色不動に導かれるように殺人が起こるのだった。

「今も本当に五色不動はあるのかしら」

文庫本を翠に返しながら、私は心を弾ませて言った。「ねえ、翠。いつか探しに行ってみない？」

翠はその時も、満足そうに笑ってうなずいたのだ。「那由多ならそう言うと思った」と。

「これをいざというときの標《しるべ》にして、いつか探しに行きましょうよ」

翠は雑誌を店の紙袋に入れ、私に手渡した。「それまで那由多に預けておくから」

「いつか？」

袋を受け取り、一瞬の高揚が早くも過ぎ去ろうとしているのを感じながら私はつぶやいた。「いつかっていつ？」

翠は私を引き留めるみたいに、私の目を見てはっきり言った。

「私はいつでもいいわ。那由多はいつがいい？」

私たちは屋上から何度も海を見たけれど、あの海辺に行ったことがない。川は確かに流れているけれど、想像の中でさえうまく海に到達できない。曖昧《あいまい》な暗闇《くらやみ》に流れこんだ水は、本当はどこに吐き出されているのだろう。翠の部屋は暑い。畳と私の皮膚の間に汗がたまる。湿っては駄目だ。湿ったらそこから腐っていく。

「そうね、涼しくなったら」

翠の瞳《ひとみ》に引きずられるように、私の口は勝手に動いていた。「涼しくなったら行きましょうよ」

果たされた約束と、果たされなかった約束。どちらが多いのだろうと考えて、翠と私をつなぐものなど結局のところ何もないことに気がついた。それはとても悲しいことのように思えた。薫と私が抱きあえなかったことと同じように。もしかしたらそれ以上に。

私の腕にしっとりと浮いた汗が、抱えるようにして持っていた紙袋を湿らせていった。

そろそろ会社を出ると父親から連絡が入り、私は翠に礼を言って急な階段を慎重に下りる。見送ると言って翠が後からついてくる。明かり取りの窓のない急な階段は暗く、床板のきしみとともに船底に下りていくような錯覚を覚える。狭い傾斜空間は底に近づくほど本に染《し》みついた埃《ほこり》のにおいが強くなった。

唐突に、自分が翠だったらどうだろう、と思った。小さな商店街の小さな本屋の娘として生まれ、環境に順当に適応して本を愛し、夜の夢すらも互いに覗《のぞ》けるほど狭く詰まった空間を、健康な両親と弟と分けあって暮らす。それはどんな種類の幸福だろう。すぐ近くにあるもののような気もしたし、とても遠いような気もした。

手探りでノブを探しドアを開けると店の蛍光灯の光が射《さ》しこみ、狭い靴脱ぎにきちんと並べて置かれた自分のミュールが見えた。店舗には入れているらしいエアコンが冷やした空気が、重い空気を押しこむように波状に寄せてくる。肌が乾燥していくのを感じながらミュールを履いてドアから出た。翠もサンダルをつっかけて店内に出てくる。

店の雰囲気に違和感を覚えて顔を上げた。有線放送の音楽に混じって、誰かが何かを激しく訴えている声がする。レジのまわりに人が集まっている。棚を見ている客も、好奇心を隠そうとせずに何度もちらちらと出入り口付近に視線をやっていた。

「なにかしら」

と翠が眉《まゆ》を寄せる。事務所の扉が開閉するのを見たらしく、翠の母親がレジのほうからこちらにやってきた。

「ご飯は食べた？　もう帰るの？」

「はい。ごちそうさまでした、おいしかったです」

翠が目でレジのほうを示して聞いた。

「なにかあったの」

「それがねえ」

翠の母親は声をひそめた。「本を見ていたら娘が痴漢にあった、って若いお父さんが怒って中年の男をレジに突き出してきたの」

心臓が痛み、息が苦しくなった。心臓には神経がないから痛むはずはない、と誰かが茶化すように言ったことを思い出した。コンパで一回だけ会った大学生だっただろうか。心臓は血液を全身に送るただのポンプだ。心臓自体が痛みを発するということはありえないよ。胸が痛い、というのはたいてい、その周辺の神経か肺の問題、一番多いのは感傷かな。センチメンタリズムというものだよ。そうだ、そう言って彼は笑ったのだ。だが彼は間違っている。感傷で胸が痛んでいるのではない。もっと物理的に、確かに心臓が痛むのだ。冷たい空気を吸いこんだときのように、鋭く細く心臓が痛い。この世に神経の先からもたらされる電気信号と感傷との二種類しか痛みがないのならどんなに簡単だろう。

その場に立ちすくんだ私に翠は気がついただろうか。

「父さんはなんて言ってるの？」

「こっちにしてみたら、どちらも店に来てくれたお客さんでしょ？　困って若いお父さんをなだめたんだけど納得しないから、まあここで揉《も》めていても仕方がない、一緒に交番に行こうって、今度は中年の男の人のほうを説得しているわ」

翠の母親に挨拶《あいさつ》をして、私は店の出入り口のほうに向かった。足の指先が冷たくなっている。翠は駅まで送ると言った。私はうなずいた。通りすぎるときに見ると、レジ脇《わき》には数人が集まってなりゆきを見守っていた。中心に、五歳ぐらいの女の子をしっかりと抱いた男がいた。女の子は父親の首に腕を回し、首筋に鼻先を押しつけるようにして抱きついている。翠の父親がなにやら話しかけているのは、身なりのいやしからぬ四十代の男だった。その中年の男は、興奮をおさめようと肩を大きく上下させて息をついている。野次馬たちはどちらの言い分に利があるのか、無責任な立場ゆえになおさら冷酷に見極めようとしているようだった。

夕方になるとさすがに少し過ごしやすい。商店街は夕飯の買い出しに来た人でそれなりににぎわっていた。それでも日差しはまだ威力を失っていない。翠と私は駅までの短い道のりを、街路樹の影や店の軒先からあふれる冷やされた空気を糧《かて》にして渡り歩いた。

「自分が痴漢にあったかどうかなんて、あんな小さな女の子にわかるものかしら？」

翠がぽつりと言った。

「じゃあ翠は、あの父親が難癖をつけていると思うの？」

私の強い口調に、翠は少し驚いたようだった。

「そうは思わないわ。でも……」

「わかるものよ」

感情を抑えきれずに吐き捨てるように言葉を押し出した。「何も知らないからこそ敏感に感じるものよ。いつも大人が撫《な》でてくれるのと違う、なんだか怖い、って」

そうでしょ？　と私は隣を歩く翠を見た。

「性的な意図を持って触れてくる手に鈍感な女はいないわ。たとえどんなに幼くても」

翠は黙っていた。私は冷え冷えとして、それでいて叫び出さずにはいられないような激情が体内に凝《こご》っているのを自覚していた。それを抑えるために、女の子を抱いていた父親の手を思い浮かべた。その手は優しく、女の子の背を撫でていた。目に怒りをたたえて男を見据えながらも、その手は優しく娘を抱いていた。ふいに視界が歪《ゆが》んで、私は今の自分を支配している感情の名を知った。

私は羨《うらや》ましいのだ。あの女の子のことを羨ましいと思ったのだ。

「洪水の後に……」

私のつぶやきは早口で、ほとんど独り言のようなものだった。「洪水の後に何もない大地を眺めて、ノアは、箱舟に乗った動物たちは、何を感じたのかしら。清々した？　寂しかった？　新たな活力が身の内に湧《わ》き出した？」

駅だった。券売機に歩み寄って横浜までの運賃を確認しながら、突然妙なことを口走ってしまったことを後悔した。翠は困惑しているだろう。札を入れると、切符と一緒に冷たくなった銀色の硬貨が吐き出された。今日はありがとうと笑顔で言おうと思って、少し離れたところで待っていた翠のもとに戻った。

翠は言った。

「洪水は何もかもを押し流しはしなかったわ。ノアが放った鳩《はと》は、オリーブの葉をくわえて戻ってきた」

神はなんて不徹底で底意地が悪いのだろう。それをよすがに生きていけということか。希望を残した神の慈悲に、むせび泣いて感謝しろとでも言うつもりなのか。希望があるかぎり期待は生まれる。期待があるかぎり絶望は生まれ続ける。私はもう期待したくない。自分の中に期待があることを認めるのすら今はつらくてむなしい。私はすべてを押し流してしまいたい。オリーブの葉の一枚も残さぬように、私の中の期待のすべてを滅ぼしてしまいたい。何かを恃《たの》みにするのではなく、自分の力で切り裂き踏み固めなければならない。それが私の望みだ。そうでもしないと始められない。

横浜駅の東横線の改札前は、いつもながらに混んでいた。人の流れに呑《の》みこまれないように、柱に背をへばりつかせるようにして人待ち顔をする女や男。若い人間の多い中で、父親は所在なさげに鞄《かばん》をぶら下げて立っていた。

父は私を探せない。目の前に立つまで、人混みの中から娘を探し出すことができない。それは私だけでなく、家族の誰に対してもそうだった。たとえば戦争や天変地異で家族が離ればなれになり、ごったがえす波止場で今ようやく運命の再会を果たそうとしている時でも、父はぼんやりとたたずんでいるだけで、私たちを見いだすことはできないのだ。張り合いがないわよね、と母はよく笑ったものだ。私は最近になってようやくわかった気がする。

父はたしかに家族を愛している。しかしそれは、愛するべきものだとされているから愛しているにすぎないのだ。彼は本当は、世界の大半のものに興味がない。人や物や財産や出世や、そういうものに。彼にとって重要なのは、いかに難しい回路を設計し、いかに電化製品を小型軽量化するかということだ。それは趣味というのとも少し違う。父の公私の境目は限りなく曖昧だ。そして公も私もすっぱりと見通しよく整頓《せいとん》されている。父にとって世界はつねに薄明の中にあり、冷たく澄んではいるがなんら彼の感興を呼び起こすものではないのかもしれない。たまにそう思う。そしてそういう人間がそれでも、まがりなりにも妻を娶《めと》り子を作って毎日何食わぬ顔で会社に通っている。そのことを私は哀れで滑稽《こっけい》だと思う。

「おなかは空《す》いてるか、那由多」

目の前に立った私をようやく認識して父は言った。彼は、ずいぶん前から私に気づいていた、というふりをする。兄や私が、子どもを探し出せない父親をさんざんからかったからだ。

私たちの回路はおおかたの所でつながりあっているが、決定的な部分で接触不良が生じている。細く美しい回路はショートを起こして黒く焦《こ》げ、今にも崩れ落ちそうだ。父は私を愛している。しかし私の中で燃え尽きようとしているものには、どうしたって気づくことができないのだ。

学校は丘の上にあり、窓からは濃い緑と白く霞《かす》んだような海が見える。異人館と呼ばれる古い洋館と、十字架の林立する墓地に囲まれた立地は、週末には観光客が押し寄せるのだろうが平日は静かだ。石造りの校舎は夏でもひんやりとして、話し声や足音はアーチを描く高い天井に鈍くこもりながら、やがてどこかに消えていく。

一本の桜の木がある中庭を、西洋の中世の館《やかた》のような灰色の建物がロの字型に囲む。優雅な膨らみのある石の手すりのついたバルコニー、ステンドグラスの塡《は》めこまれた礼拝堂と、年月を経て床板が湾曲している職員室のある旧校舎には、中学生の教室が並ぶ。比較的新しい高校生用の校舎は、その対面にあった。高校生用の新校舎を背にして左がわ、道路に面している建物が特別教室の並ぶ棟だ。この建物はすさまじく老朽化していて、窓のサッシはすべて傾いたり歪んだりしている。それでも、未《いま》だに木の窓枠である旧校舎よりは、サッシなだけましと言えるかもしれない。新校舎の右がわ、中庭を挟んで特別棟の対面に位置しているのが修道院だ。ここは一般の生徒は立ち入りできない。屋上には夕方の五時に時を告げる緑青《ろくしょう》のふいた鐘が見える。壁面には蔦《つた》が這《は》い、上部が弧を描いている細長い窓にはすべて、唐草模様の繊細な鉄飾りがはまっていた。

夏は灰色、冬は黒のカトリックの法衣を頭から纏《まと》ったシスターたちは、毎朝修道院の扉を開けて校舎の廊下に静かにあふれ出す。彼女たちは沈黙のうちに廊下を通りすぎ、それぞれの職場に向かう。ある者は教会へ、ある者は老人ホームへ、そしてある者は教師としてこの学校の職員室や校長室へ。シスターたちを吐き出した後の修道院はことりとも音を立てず、厳重に閉ざされて学校の一角にそびえている。

丘のゆるやかな傾斜を利用して建てられた校舎には、脈絡もなく地下教室があり、実際には何階建てなのかよくわからなかった。だが、地上に出ている部分だけを中庭から数えれば、どの棟も三階建てだ。灰色の石が組みあわさった外壁は地面から生えたと言ってもよいほどの威容を呈し、すべて木張りの教室の床板、タイルと石の冷たい内壁、優雅なアーチを描く高い天井を持つ廊下は、少女たちの歓声をうつろに響かせるばかりで、いつもどこかひっそりとした気配を漂わせていた。

特別棟と旧校舎のつなぎ目に正面玄関がある。据えられたマリア像には花が絶えることなく捧《ささ》げられ、吹き抜けの大階段の木の手すりはつやつやと磨かれている。

私たちはしかし、めったに正面玄関を使用することはない。特別棟の半地下にある下足室で革靴を上履きに履き替え、中庭やそれぞれの校舎に向かう。下足室の入り口の格子《こうし》は朝の八時十五分で用務員の老人によって閉ざされてしまうから、遅刻をしたときだけ、革靴を手に持ってすべるほど磨かれたタイル敷きの正面玄関をこっそりと横切る。八時半には道路に面した大きな両開きの鉄の門も閉まってしまうので、そうなったら植え込みをかき分けて侵入するか、丘を少し下りて回り道をし、修道院の裏手にある雑木林の斜面を上るか、学校をさぼるかしか道はない。

翠はよく遅刻をして雑木林を上ってくるが、他の生徒たちは理由もなく遅刻など滅多にしない。矯正歯科の予約がどうしても朝しか取れなくて、とか、そういう理由以外では遅刻はありえないのだ。私を含め、生徒たちは強迫観念にも等しい日常のリズムに支配されており、大きな逸脱を許さない暗黙の戒めのような息苦しさが、この女ばかりの学校をつねに覆《おお》っていた。

翠は遠回りをして雑木林から学校に忍びこむことを、天気の良い朝の楽しみとしていた。雑木林の下、丘の中腹には神父たちの住む僧院がある。翠はその内部を窓からのぞき見するのが好きで、話の最後には必ず、「あいつら全員、アル中か男色家だから」と言うのだった。「転がっているあの酒瓶の量はハンパじゃないわよ」と。

仏教の僧侶《そうりよ》ほど職業として割り切っておらず、「神父です」と名乗れば好奇と幻想の混じった目でじろじろと眺められるのでは、酒でも飲まなければやっていられないだろうとは思う。しかしそれではどうして神に仕えようと思い立ったのか、なぜ一般の信者でいるだけでは我慢できなかったのか、私にはうまく想像できない。妻帯を禁じられている神父たち、神の花嫁と呼ばれるシスターたちを見るたびに、薄明の中を生きる父親の姿が連想される。父のような人間こそが、宗教に生きるのに実は最もふさわしい。彼ならば酒に溺《おぼ》れることもなく、信じろと言われたから信じるという淡々とした態度のまま、迷いの縁《ふち》から苦もなく遠ざかることができるだろう。

夏休み明けの学校は埃《ほこり》っぽく乾燥していて、洗いたての上履きが床にうまく馴染《なじ》まない。空っぽの学生鞄を手にうつむきがちに教室に向かって廊下を歩いていると、後ろから背中を叩《たた》かれた。

「おはよう。なあに、暗いわよ、なゆちゃん」

振り返ると、少し日に焼けた淑子が笑っていた。淑子は夏期講習が終わってから一週間ほど従兄弟《いとこ》とモルジブのリゾートに行くと言っていた。モルジブというのが一体どこにあるのか私には見当もつかない。

「おはよう」

と挨拶を返して教室に入り、日焼けしたり痩《や》せたりしている同級生たちと少し会話した。見回してみたが、やはり翠はまだ来ていない。紺色の地味なジャンパースカートに白いブラウス。足もとは規定の紺色の膝丈《ひざたけ》ソックス。同じ格好をしているからなおさらに、美醜の差は残酷なまでにはっきりする。やや憂《うれ》いを帯びたような翠の容貌《ようぼう》はどこにいても本人の意思とは関係なく目立つものだったが、教室に彼女の姿は見えなかった。

「ねえホント？」

と話しかけられて、さまよっていた意識が固定された。クラスメイトの一人が興味津々《しんしん》といった顔つきで私を見ている。

「ごめん、なんの話だっけ」

そう言った私に、淑子をはじめ集まっていた四、五人はけたたましく笑った。

「やだ、なゆちゃんったらごまかして」

「照れてるんでしょ。いいよねー」

「ねえ、淑子は知ってるんでしょう？　どんな人なの」

薫のことを言っているのだとわかり、口が軽い淑子を忌々《いまいま》しく思った。だが淑子には悪気など微塵《みじん》もないのだ。その証拠に、彼女はほがらかに自分の手持ちの情報を聴衆に披露する。

「『墨汁』の二年よ。ガタイもいいし、顔もまあまあ。墨汁に行ってるんだから、頭もそう悪くはないんじゃない。ね、なゆちゃん」

ひやかしと羨望《せんぼう》の声を上げられて、私は困ってへらりと笑った。笑いたくもないときに笑う自分に腹を立てながら、私はおずおずと言葉を足した。

「薫とはべつになんでもないよ」

「薫」だって、と混ぜ返すのを無視して続ける。「八月の末から全然会っていないもの」

少女たちは一瞬口をつぐみ、ますます興味の色を浮かべて詰め寄ってくる。

「なあに、それ。どういうこと？」

「別れちゃったの？」

別れるもなにも、と私は苦笑した。別れが生じるほど出会ってはいない。淑子だけが、少し気遣わしげに囁《ささや》いた。

「喧嘩《けんか》でもした？」

「ううん。そうじゃないけど」

人の輪から離れて自分の席についた。私が輪から脱落しても、彼女たちはまだそれぞれのつきあっている相手の話や夏の間に旅行した話や模擬試験の結果について飽きることなく話し続けている。久しぶりに会ってでこぼことしていた空気はものすごい勢いで均質化されていく。ちらちらとこちらをうかがっていた淑子が、足場を確かめるようにして近づいてきた。余計な詮索《せんさく》をされたくなくて鞄の中を探るふりをしていると、彼女はまだ主《あるじ》の来ていない私の前の席に勝手に座り、駄菓子屋の袋みたいな茶色くて小さい包みを差し出した。

「おみやげ」

開けても？　と目で問うと、淑子は「どうぞ」と微笑《ほほえ》んだ。中には彫りで装飾のほどこされた貝殻を連ねたブレスレットが入っていた。

「きれい……どうもありがとう」

「なゆちゃんには赤。中谷さんには緑の石がついているのを選んだんだ」

淑子はブレスレットにぽちりと一カ所だけついた小さな赤い珊瑚《さんご》の玉を指して言った。

「モルジブみやげ？」

くすりと笑ってそう聞くと、淑子もどこかこそばゆそうにうなずいた。

「そういう細工物がいろいろあって、しかも驚きの安さなの」

もう一度礼を言い、ブレスレットを腕に当ててみた。簡単な金具で止めるようにできているそれは、魔法の世界の生き物の化石のように私の手首に巻きついた。赤い珊瑚が小さな目玉のように肌に映えた。

モルジブがどこにあるのか相変わらずわからなかったが、凪《な》いだ南の海を泳ぐ白い海蛇の姿が見えたような気がした。

始業式には掃除と漢字テストと簡単なミサがある。変な取り合わせだ。休みの間に溜《た》まった埃を綺麗《きれい》に掃除し、これから始まる学校生活の平穏無事をミサで祈念するというのはまだわかる。だが、なぜ夏休み明けの第一日目に全校一斉に漢字テストをするのか、その意味はよくわからない。まさか夏休み中に漢字ドリルをやる中高校生もいないだろうと思うのだが、実は大多数の生徒が夏休みに漢字練習をしている。九月の始業式に漢字テストをやるのは恒例の行事だから、みんな少しでも良い点を取ろうと必死になるのだ。このテストで全校で一番の成績を取ると、校長であるシスター・セシリアのサイン入りの聖書がもらえる。いらない、と私は思う。翠は去年、一番を取った。高校一年生で一番を取るのはやはり珍しいらしく、みんなは口々に「すごいね」と言った。そして陰では、「中谷さんてなに考えてるのかよくわかんないけど、すごく勉強してるんだね」と悪意に満ちた囁きをかわしていた。

でも私は知っている。翠は本当に特別な勉強などしていないのだ。それでも出来てしまう人というのはいるものだ。だがそういう存在は認められにくい。飛び抜けることが良しとされず、灰色の檻《おり》のような校舎に押しこめられている私たちの間にあっては、その傾向はますます強くなる。

翠はもらった聖書を、「困ったなあ」というように一瞥《いちべつ》してから鞄《かばん》に詰めた。そしてその日の放課後に学校の図書館の書棚にそれを紛れこませた。

「持って帰るの重いじゃない」

と翠は言った。「私の聖書はもうあるんだしさ」

この学校に入学するさいには、全員が聖書を購入する。それは中学高校の六年間を通じて自分のロッカーや机の中にあり、折節目《おりふし》を通すべきものとされていた。週に一回の宗教の時間には、必ず聖書の一節を暗誦《あんしょう》させられる。狭き門より入りなさい。救いに到《いた》る道は狭く……などなど。

翠は掃除の割り振りが済み、さあ作業をはじめようという時になってようやく登校してきた。鎖骨まであるまっすぐな髪の毛に葉っぱが絡《から》みついている。

「また雑木林から来たの？」

さすがに少しあきれて聞くと、

「おもしろいものも見られるしね」

と思わせぶりに言った。手早く髪の毛を三つ編みにし、エプロンをつける。床掃除に割り振られた翠と私は、用具置き場からモップを出すのを他の子に任せ、バケツを片手に地下の用務員室までワックスをもらいに出かけた。

「おもしろいものって？」

「さあ」

と翠はぐらかし、視線をついと動かした。修道院と新校舎の間の角から、国語教師の平岡が中庭に入ってきたところだった。裏にある焼却炉でゴミでも燃やしていたのだろう。彼はバケツをぶらさげて中庭を歩いている私たちに気がつくと、「休みはどうだった。どこかに遊びに行ったか?」と声をかけてきた。私たちは声を揃《そろ》えて「いいえ」と言った。平岡は声をかけた相手が、変わり者の翠と母親を亡《な》くしたばかりと言っていい私だと思い当たったのか、ちょっと気まずそうに、「そうか。じゃあ俺と一緒だな」と言った。

そのまま中庭から職員室に入っていく彼をやり過ごし、私たちは旧校舎の地下に下りていった。

「モルジブみやげって?」

翠が突然聞いてきたので、私はなんのことか一瞬わからなかった。

「そのブレスレットのこと?」

重ねて問われ、私は「ああ」と空のバケツとともに腕を上げた。

「翠ももらった?」

「ううん」

淑子からまだもらっていないのに、どうして翠がみやげの話をしたのか、私はますます混乱した。

「翠の分もあるって淑子が言ってたよ。色違いだって」

「へえ」

と、翠は柔らかい目の色で言った。「綺麗な細工だね」

木の床に白いワックスをぶちまけて磨きたてる。ワックスの主原料は牛乳だというのがもっぱらの噂《うわさ》だった。牛乳のような生臭さはないが、木材に染《し》みこむと脂《あぶら》っこいにおいがする。すり減って毛羽立ったような木の床も、ワックスで磨くとしばらくの間は輝きを取り戻す。掃除をした後の窓の開け放たれた教室で、担任の英語教師が持ってきた漢字テストに取り組んだ。

新校舎にある講堂の座席で、翠はミサの間じゅう居眠りをしていた。肘掛《ひじか》けに置かれた翠の手首で、ブレスレットについた緑の石がひっそりと息づいていた。

九月も半ばを過ぎて、薫からの連絡はもう何もなかった。それに安心もしたし、その程度のものかと拍子抜けもした。たまたま夏期講習で顔見知りになり、ご飯を食べたり映画を観《み》たりした。薫は私を好きだと言ったし、私も薫を嫌いではなかったが、でもそれだけでは一緒にいるには足りないものがあるのだろう。

「生島君がもっと食い下がって那由多を求めれば満足するの？」

翠は購買部で買ったパンをかじりながらそう言った。「電話に出なかったぐらいで諦《あきら》めて、もうそのまま何も接触してこないなんて、それほど私のことを好きじゃないってことよ、ってそう言いたいの？」

少し考えてみて、私は「ううん」と首を振った。

「逆かな。薫がすぐに何も言ってこなくなったことに、私はむしろ納得しているの。もっと食い下がるための何かが、私たちの間には生まれなかったんだなあ、って」

「何かってなに」

翠はパック牛乳を飲みながら聞いた。黙って弁当を食べていた淑子がちらりと私を見上げた。でも彼女は何も言わないまま箸《はし》を運ぶ。

「理由、免罪符、激情……よくわからないけど、そういうようなもの」

私の言葉を翠は鼻先で笑い落とした。

「漫画の読みすぎね、那由多。どうしてそんなものが必要だと思うの？　私たちが一緒にいることに、どんな理由や激情が必要なの？　生島君とだって、それと同じでしょ」

「それは違うわ」

私はちょっとむきになって言い返した。「だって、翠や淑子は友だちだもん」

「友情には理由が必要ないのに、恋愛には必要だってどうして思うの」

翠の声は苛立《いらだ》ちを抑えているみたいに低かった。

「なゆちゃんの言いたいこと、私はなんとなくわかる気がするな」

と淑子がつぶやいた。

グラウンドと図書館は、特別棟の脇《わき》を走る道路を挟んだところにある。夏は急速に遠ざかり、カレンダーに先を越されたことに気づいたかのように、秋の気配が慌《あわ》てて空気の中に身をひそめはじめる。二日続いた雨もそろそろ終わりだ。図書館の入り口で傘の水滴を払い落とし、革靴をスリッパに履き替えようとしてふと顔を上げると、西の空が少し明るくなっていた。

水はけの悪い小さなグラウンドの隣にある図書館は、他の建物と同様に古かった。親に捨てられた子どもたちが辿《たど》りついた「お菓子の家」とは、こんな外観だったのではないかといつも思う。色あせた赤いとんがり屋根、ところどころに蔦《つた》の這《は》う漆喰《しっくい》の壁。チョコレート色に塗られた木製の窓枠には、おもちゃのようなネジ式の鍵《かぎ》がついている。

内部の床はいつも司書の笹塚《ささづか》によって磨き上げられ、沈黙のうちに林立している書架には塵《ちり》ひとつない。書架に囲まれた閲覧場はがらんとして誰もいなかった。翠と私はいつもの机に鞄を置いて、目指す書架にそれぞれ向かった。図書館は天井の高い平屋建てで、三分の一ほどの面積を占める中二階がある。ロフトのように張りだした中二階に行くには、梯子《はしご》に毛が生えたような階段を上らなければならない。中二階の手すりから身を乗りだすと、翠が詩歌の棚の前で屈《かが》んでいるのが見えた。

「そっちに先生いる?」

誰もいないのをいいことに声を上げたら、翠がこちらを振り仰いで手振りで私の背後を示した。

「呼んだ?」

急に背中から声をかけられ、危うく中二階から墜落するところだった。振り返ると細身の黒いワンピースを着た笹塚が微笑んで立っていた。

「焼けてないね、五十嵐さん」

また掃除をしていたのか、笹塚の手にはハタキと濡《ぬ》れ雑巾《ぞうきん》と出入りの業者が置いていく掃除用の黄色い布が握られていた。

「夏期講習にちょっと行っただけで、あとはほとんど家にいましたから」

夏の遊びには縁遠そうな笹塚はハタキの柄《え》で自分の肩を叩《たた》いた。

「中島敦《あつし》はどうだった？」

「とても良かった。小説はもちろん、短歌も」

「ああ」

と笹塚は嬉《うれ》しそうに言った。「『石とならまほしき夜の歌』？」

「はい」

「突然こみあげてきた感情を表現するには、短歌はぴったりな形式なのかもしれないわね。たとえ普段詠《よ》みつけていなくても」

先生にもそういうことが？　と聞こうとしてやめた。質素を旨《むね》とするこの学校では、教職員の服装に関する規定も例外ではない。笹塚はいつも一見して修道女のように地味な服を着ているが、それは実は青山や表参道の小さな店で売っている縫製の良い高価なものだ。ファッション雑誌の特集で驚くような値段のついていた服をさりげなく着ていたりする。人の訪れのほとんどない図書館で、自分の好きな服を誰に見せるあてもなく着て、掃除に励む司書。彼女の静けさの裏側にひそんでいるのであろうもろもろの感情は、一生徒である私が踏みこむべきものではない。

「今日はなにを？」

「中島敦の日記と書簡集をと思ったんですが、書庫ですか？」

「書庫にあるのは重いから、ここにある文庫版のほうがいいんじゃない」

笹塚は背後の書架を指し、中二階から下りていく。階段の途中で振り返り、彼女は悪戯《いたずら》っぽく笑った。

「私ねえ、夏のボーナスでコートを買うことにした。黒のヘルムート・ラング」

「冬が楽しみですね」

「早くあなたたちに見せびらかしたいわ」

一階に下りた笹塚が、本を持って机に戻った翠にハタキを上げて挨拶《あいさつ》しているのが見えた。自分が最近、「涼しくなったらね」と言ったことを思い出した。ここに集う私たちは湿度から解放されることを望んでいる。乾いて寒い冬を待ち望んでいる。書物のために温度と湿度を人工的に調整している空間で、私は「石になりたい」と詠《うた》った男のことを思った。この山手の丘で少女たちに教えていたこともある男は、喘息《ぜんそく》の発作に苦しめられた夜に詠う。石になって冷たい海に沈みたいと詠う。その海はきっと、豊穣《ほうじょう》とは程遠い、生き物の気配のない湿り気のない海だ。輪廻《りんね》とも復活とも遠く、ましてや救いなどどこにもない、ただ沈んでいくためだけにある海だ。

作家が南の島から妻子に宛《あ》てた手紙は望郷の念と温《ぬく》もりに満ちていた。絶対零度の海を抱えた男がそれでも誰かを愛したことに、私は嫉妬《しっと》し、そして少し安堵《あんど》した。私の向かいに座った翠は歌集を読んでいた。時々くちびるを動かして韻律をたしかめながら。雨は完全に上がって、笹塚が窓を開けている。風に乗って届いた下校していく少女たちの声が、図書館の管理された空気に混じるわずかな黴《かび》にそっと触れた。

修道院の鐘が四時に鳴る。明日から始まる定期試験のために、下校時刻はいつもより一時間早く設定されている。翠と私は図書館を出て、丘を下りる道を歩いた。雨雲はいつのまにか千切れ、夕焼けの空に灰色の異物として硬く漂っている。

駅までの道には何通りかあり、その日の気分で道筋は決まる。学校に指定された通学路はあったが、翠はその道に固執することを嫌った。どこを通っても、道は丘の下まで通じている。翠がいろいろな道を選んで駅までぶらぶらと歩くことには、どんな意味があるのだろうと私は思った。翠は、永遠に駅まで辿りつくことのない、丘の中腹で袋小路になっている道を探し当てようとしているのだろうか。それとも、どの道を通ってもいずれは駅に辿りつくということを確かめて、落胆と心の平安を同時に味わおうとしているのだろうか。

一人で帰るときは、私は定められた通学路を歩く。石畳の階段を下りて駅に行く。草が顔を出している所も、色の違う石がはめこまれている位置も、すべて覚えている見慣れた道を行く。毎日の足跡が石段を削り真っ黒な大きな穴がひらくまで。翠も私もたぶん同じだ。気ままな野良猫《のらねこ》みたいに、散歩の時間の定められた飼い犬みたいに、自分の暮らす世界を確認せずにはいられない。すべてが押し流された後にも、丘を下る道を覚えていられるように。

翠と私は墓地の脇の細い急坂を下り、古い二階建ての家が密集する住宅街に出た。薄闇《うすやみ》が迫っている。テレビの音と子どもの声が聞こえるその場所に、制服姿の私たちが溶けこむ隙間《すきま》はない。十五分ほどで丘を下りきった私たちは、元町の喧噪《けんそう》を避けて裏通りを選んだ。さびれた商店街のぼんぼりのような街灯には、セルロイド製の紅葉の飾りが取りつけられている。安っぽい血の滴《したた》りのようなそれは、雨雲を遠ざけたのと同じ風によって揺らぐ。丘を下りながらぽつぽつとしゃべっていた私たちは、今は完全に黙って歩いた。石川町の駅が見えてくる。改札の前に薫が立っていた。

「五十嵐……さん」

翠はぎこちなく呼びかけてきた薫を見、私を見た。

「これが生島君?」

翠の囁《ささや》きに私はうなずいた。視線は薫に向いたままだった。黒い学生服を着たこの人と裸で寝たことがあるなんてなんだか変だと思った。たとえば指先が触れあうだけでも愛情は伝えられるはずなのに、どうしてそれだけではすまないように体はできているのだろう。普段は見ないように触れないようにしている記憶が蠢《うごめ》いている。狭くて暗い箱の中から飛び出そうとしている。ため息に紛れて深く息を吸いこんだ。

「先に帰ったほうがいい？　一緒にいたほうがいい？」

翠が素早く聞いた。

「一人で大丈夫」

私の言葉に翠はうなずくと、「また明日ね」と言い、薫に軽く会釈《えしやく》して改札を通り抜けていった。

薫と私は少ししてからホームに上がり、並んでベンチに腰を下ろした。ちょうど電車が発車した後らしく、翠の姿はもう見えない。薫がなかなか話を切り出さないので私は焦《じ》れた。だが電話にも出なかったくせに自分から「何か用？」と切り出すのもおかしい気がした。私たちは電車を二本見送った。教師が通りかかるのではないかと気が気でなかったが、見知った顔はホームになかった。明日から期末試験だ、と思い当たり、やはりタイミングの悪い薫にいらいらした。聖フランチェスカが二期制で、他の大多数の学校と違った暦で運営されているのがいけないのだが、それでも私の苛立ちは薫に向けられた。

薫は膝《ひざ》に置いた学生鞄《かばん》の上でゆるく指を組んでいた。彼の力仕事をしたことがなさそうな骨張った指が好きだった。「指がきれい」と言ったとき、薫は恥ずかしそうに微笑《ほほえ》んだ。首と背中をつなぐ、ぐりぐりした骨も好きだった。裸になってそっとその骨を唇で包んだら、薫は身を震わせて私を抱きしめた。

私は薫が好きなのだ。こうして会いに来てくれて、私は大声で泣きたい。私を抱けなかった怠惰と紙一重の繊細さをなじり、洪水はもうそこまで迫っているから助けてほしいと縋《すが》りたい。今にも濁流に飲みこまれてしまいそうな私を救ってほしい。

でも私は薫に何も言えない。肝心なことは何一つ。私は凍えながら歩いてきた。誰にも言えずに記憶が凍りつくまで一人で歩いた。助けてほしい時も、手を握って離さないでいてほしい時も、私の喉《のど》は凍ったままだ。胸元からせり上がってくる冷気に灼《や》かれたままだ。永久凍土に封印したと思っていた記憶は、氷の中で今や静かに腐敗しはじめている。人々がようやく腐臭に気がつくころには、原型も留めないほどにとろけ落ちているだろう。

「どうして電話に出ないの」

と薫は言った。「俺ともう話したくない？」

「そうだ」とも「ちがう」とも言い切れずに黙っていた。電車が来るというアナウンスが流れる。私は立ち上がり、座ったままの薫を振り返った。風が巻き起こりスカートのボックスプリーツをなびかせた。それに誘われるように薫は手を伸ばして私の手首をつかんだ。淑子がくれたブレスレットごと、私の手首は彼の手の中にあった。

「ふらふらしてたら危ないよ」

ここは線路から一番離れているホームの壁際《かべぎわ》のベンチなのに、おかしなことを言う人だと思った。私の背後で電車のドアが開かれ、人々が乗り降りする気配がした。やがてざわめきは階段のほうに消え、また周囲が静かになる。三本目の電車だ。ホームの蛍光灯が点滅しながら灯《とも》った。早く帰らなければならない。明日から試験だし、ご飯を作って父を待たなければならない。少し溜《た》まってしまった洗濯物も片づけなければ。それでも私たちは手首でつながったまま動かずにいた。

「俺になにか言いたい?」

「べつに、なにも」

「俺には、君はいつも何か言いたそうに見える。だけどわからないんだ。言ってくれないとわからない」

うつむいた薫のつむじを眺めた。薫の指から自分の腕をそっと引き抜いた。わずかな湿り気が肌に残った。それを私は薫に気づかれないようにスカートに擦《こす》りつけて拭《ぬぐ》った。

「どうして？」

私は意地の悪い気分で聞いた。なにが？　というように薫が顔を上げる。

「どうしてあなたは私のことをわかりたいの？」

「好きなんだ」

薫の耳が真っ赤に染まっていた。私の気道を何かがふさいだ。その熱い塊は誰かの名前のようだった。薫の、翠の、両親の。でもそれはついに声にはならず、諦《あきら》めたように冷えていく。薫には迫り来る水音が聞こえない。私が両腕を広げて待っているあの奔流を見ることができない。また電車がやってくる。

「明日から試験なの。私もう帰る」

私は踵《きびす》を返して線路際に進み、後ろで立ち上がった薫が追いかけてくる気配を感じていた。

「試験なんてたいして気にしていないだろ」

「はっきり言わないとわからない？」

電車が轟音《ごうおん》を上げてホームにすべりこみ、注意を促す放送が流れた。「もう会いたくないの」

薫が私の言葉を聞き取ったかどうかはわからなかった。彼は今まで見たことがないほど真剣な顔をしていた。私は薫を見たまま後じさるように、開いたドアから車内に一歩足を乗せた。薫は言った。

「どうして」

私たちはまるで、言葉を知ったばかりの幼児のように「どうして、どうして」と繰り返す。どうして夕焼けは血の色をしているの。どうして私たちは体液を分泌《ぶんぴつ》するの。どうして拒絶と許容の狭間《はざま》で揺れ動く精神を持って生まれたの。

「君には誰かが必要だと思う。誰かがいないと駄目だ」

私がもう一方の足も電車に乗せたと同時に、薫と私の間で扉は閉じられた。電車が動き出す。私は笑った。母と同じことを言う。その「誰か」が自分だとでも言いたいドアのガラスに手をついて、私はいつまでも低く笑った。足もとに水滴が落ちるのか。て、埃《ほこり》と混じって黒く濁った。

三《みっ》つ目の穴の存在に気がついたのは七歳のときだった。

見慣れた自分の部屋。白い天井に浮いた染《し》み。母はこの染みの存在を知らぬまま死んだだろう。彼女の家はどこだったのか。引っ越してからここに母が住んだ日などわずかなものだ。

翌日の試験に備えてノートを開く。自分の字のはずなのに違和感があった。誰かのノートを間違えて持ってきてしまったのだろうかと表紙を見る。私の名前が書いてある。また中を開いたが、今度はもう文字すらも読めなかった。ただの線の集積物。その形からどんな意味も浮かび上がってこない。いったいどうしてしまったんだろうと思ったけれど、どうしたんだろうと思うだけでそれ以上何も考えられなかった。しばらくはぼんやりと白い紙の上の線の連なりを眺めていたが、じきに飽きた。洗濯物を干さなければいけない。洗濯機の中でよじれたまま乾き始めていた衣類を取りだした。生乾きの感触が嫌で爪《つめ》でつまむようにして籠《かご》に移した。

夜のベランダは涼しく、真っ暗なまま流れる水の存在が足もとにあった。洗濯ばさみのたくさんついた輪。毎日使うものなのに、その名前を知らない。これはなんという道具なのだろう。赤ん坊をあやすおもちゃみたいに、風に揺れてかさついた音を立てている。タオルを干していたら父が帰ってきた。部屋に顔を覗《のぞ》かせた父は、私が何を言うより早く、「夜に洗濯物を干すのは縁起が悪いんだぞ」と言った。

「どうして？」

「死んだ人の着ていたものを夜に干すからだ」

白いタオルがひるがえる。

「お父さんはそういうことをあまり気にしないでしょ？」

「全然気にしない。でも知っておきなさい」

嫁に行っていびられるといけない。父は冗談か本気かわからない表情をしていた。

父が知らないだけで、いつも洗濯物は夜に干す。電気を消し、窓を開けたままベッドに横たわった。母の死体と同じぐらい冷たくなればいい。体の脇《わき》に手を沿わせ、呼吸とともに腹が柔らかく上下するのを感じていた。私の下腹部にびっしりと詰まっているであろう、虫の卵のような小さな黄色い粒を思った。

洗濯物の間から月が見える。横たわって冷えていく私の体内を支配する衛星が見える。月は私の内部を充血させ湿らせては黄色い卵を一つ一つ排出させる。あの星に水はない。つけられた足跡は今も不毛の地に刻印されている。

父と兄と私は、兄の誕生日に新宿の百貨店に出かけた。甲府に住んでいた私たちは特急に乗った。電車に乗るのも人の多い街に行くのも珍しかったので、私はとても興奮して浮かれていた。母は私たちが家を出るとき、兄と私の首にそれぞれ、お茶の入った小さな水筒をぶら下げさせた。キャラクター物のプラスチックの水筒だ。水筒には名札がついていて、そこには母の字で名前と電話番号が書いてある。

おもちゃ売場は広大で騒がしく、親に連れられた同じ年頃の子がたくさんいた。父は兄に欲しい物を探すように言い、私には売場から離れないようにと言った。おもちゃ売場の真ん中には、子どもの背丈に合わせた低い大きな机があって、そこに置かれているミニカーや電池で動く動物や電車の走るレールで好きに遊んでいいのだ。

私はしばらく様子を見ていた。何人もの子どもたちが思い思いのおもちゃで遊んでいる。親と一緒の子もいれば、私のように一人の子もいた。私は何度か机に近づき、そしてまた少し離れた。そのあいだに私は何度も水筒についている名札を握りしめた。

わんわんと鳴きながら動く電動の白い犬がいた。ピンク色の鼻をしている。小さな犬に触れたいと思った。そのおもちゃで遊んでいた子が母親に呼ばれて走ってどこかに行ってしまったので、私は急いで机に近づいた。

近くで見ると犬の毛先は茶色く薄汚れていた。それでも毛並みを撫《な》で、やはり黒く汚れはじめている鼻を指先で押して可愛《かわい》がった。犬はじーじーとモーター音を立てて首を振り、わんわんと腹から小さな声を上げながら少しずつ前進したが、やがて不自然な格好のまま止まってしまった。机の縁から少し離れたところで停止した犬を取ろうと手を伸ばしたとき、背後で大人がしゃがむ気配がした。父だろうと思ってなおも背伸びして机の中心部分へと乗り上げようとしていると、

「貸してごらん」

という声がして、後ろから男の手が伸びた。男はたやすく犬をつかみ、私のすぐ目の前に置いてくれた。若い男の声だった。見知らぬ人の出現が恥ずかしく、それ以上に近くに戻ってきた動かない犬に夢中で、私は振り返りもせずに小さな声で「ありがとう」と言った。男は私を抱えこむようにして両側から腕をまわし、犬の腹についていた蓋《ふた》を開けた。赤い電池が二本並んでいた。男は電池を指先で転がすように適当に動かしてから、また蓋を閉めた。犬が動き出した。「ここに乗って。そのほうが楽だろう」と男は言って私を膝の上に乗せた。男の膝に腰かけるような形で私は犬を眺めた。遠くに行ってしまわないように犬が机の中心に向かおうとするたびに早めに手で方向転換させた。男の湿った熱い手が内腿《うちもも》に触れ気持ちが悪くて身を離そうとするともう片方の手が私の腹を押さえ、下着をくぐった指がねじこまれた。

驚愕《きょうがく》と痛みで机にぶつかる勢いで男の膝からがむしゃらに下りた。振り仰ぐとにやにやと笑っている口元が見えた。引き攣《つ》れたみたいに内《なか》が痛い。表面でもないしお腹《なか》でもないところ。何が起こったのかよくわからない。ただ痛くて怖くて腹が立って悔しい。この男は笑っている。私が自分でも知らなかった場所を暴《あば》き立てて笑っている。すくむ足をなんとか動かして机から離れた。何かが挟まっているみたいに擦れて痛い。追いかけてくるかもしれないどうしようと思っておもちゃの棚の陰に隠れた。恐る恐るスカートの上から足の間に触ってみたけれど、何も入れられてはいないみたいだ。でも変な感じがする。気持ち悪い。気がついたら水筒についた名札を握っていた。父と兄の存在を思い出した。涙がこみ上げたけれど泣きはしなかった。二人の姿を必死で探した。

父と兄はプラモデルの箱が並ぶ棚の前でしゃがんでいた。兄はちょっと私を見たけれどすぐに棚に視線を戻した。父が「どうしたの」と言った。

「おしり触られた」

恥ずかしさに悔しさが勝ってようやく私はそれだけ言った。触られたのではないしおしりでもないがなんと言えばいいのかわからない。親切な人だと思ったのに痛いこと酷《ひど》いことをする。それが悔しかったが裏切りという言葉も知らないし裏切りではまだ生やさしい。すべてに私は混乱した。無理やり自分を知らない生き物にさせられたのが怖かったし、起きた出来事を整理するだけの言葉もなかった。

はじめに言葉があったのだという。言葉のない泥地に踏みこんで足跡をつける罪は、言葉がないから永遠に罪と認定されることがない。

「ふらふらしてるからだ」

と父は言った。何を言われたのかよくわからなかった。

「お父さんたちと一緒にいなさい」

気がつくと包装された箱を持った兄の後を、父と手をつないで歩いていた。レジの前から遊び場が見えた。遠目に机の上に乗った小さな白い犬が見えた。あの男が机に群がっている子どもたちの背後をねっとりと歩いていた。父の手をぎゅっと引いた。

「あの人だよ！　私を触ったのはあの人！」

大きな声で言うことはできなかった。恥ずかしかった。ただ必死で父の手を握って訴えた。父は男を見、「そうか」と言っただけでそのままエレベーターに向かって歩いた。男がこちらを見た。父親と一緒にいる私を見て一瞬ぎょっとした表情になった彼を、私も見ていた。私たちの視線はおもちゃ売場の中空で絡《から》みあう。父がちょっと足を止めてまた何事もなかったように歩き去ろうとしているのを見て、彼は笑った。私を見て笑った。ほらな何を言っても無駄だろう、とその目は言っていた。おまえは子どもだ。おまえは女だ。

私は漠然と父が男につかみかかり店員に突き出す様を思い描いた。「本当に欲しい物はないのか？　せっかく来たのに」と父は言った。私は「ううん」と言った。父は私の手をしっかり握っていた。私は名札を握ろうとしてやめた。首がちくちくすると言って水筒をはずしてもらった。父は空いているほうの手で私の水筒を持って歩いた。

呪《のろ》いのように心で繰り返した。お父さんは私を好きだ。お父さんは私を好きだ。でも。

家に帰って母の顔を見てももう私は何も言わなかった。

泥地には光が射《さ》しいつのまにかからからに乾いた。あらゆる言葉が私の内部に射しこみ、その灼熱《しゃくねつ》が私を照らし干上がらせた。乾いた場所には男がつけた足跡がいつまでもいつまでも残っている。私は一人で凍えて歩いた。言葉が照らせば照らすほど私は凍えた。

湿った掌《てのひら》の感触。私の中に侵入する異物。私は乾いていなければならない。何物も受け入れないほどに乾いていなければならない。でもそれと同じぐらい私は、あふれた水がすべてを終わらせる日を待っている。洪水のように荒々しい、乾いた土地に刻まれた足跡が消えるほどの激しい流れを待っている。

ずいぶん後になって、自分が壊れたことに私は気づいた。

景色は徐々に鮮やかさをなくしていく。ぼんやりと窓辺に立っていたら名前を呼ばれた。振り返った制服の胸元に何かが当たり床に転がる。

「ありゃ、ごめん」

少し離れたところで淑子が謝った。足もとに視線を移す。真新しい軍手が落ちていた。白く粗い布に張りついた黄色いゴムを眺める。整然と並んだ黄色い粒。視界に緑色の石が揺れ、青く血管の浮いた手首が横合いから伸びてきた。軽く身をかがめて軍手を拾った翠は、それを私の腹に押しつけるように渡した。

「どうしたの」

翠がうかがうように私の顔を覗きこんだ。彼女の真っ黒な瞳《ひとみ》の中で私が微笑《ほほえ》んでいた。

「どうもしないよ」

図書館には珍しく人が集まり、書架の本の入れ替えや新着本の登録作業をしている。国語科の教員と司書の笹塚、それに図書委員の生徒が忙しく立ち働いていた。淑子は図書委員ではないのに、と思ったが、翠はなにも疑問に感じない様子で淑子と話している。他のクラスの委員の子と交替したとか、なにか事情があるのだろう。今さら淑子に「どうしてここにいるの」とも聞けなくて、私は軍手をはめて書庫から本を運んだ。

笹塚が作った移動予定表を眺めながら書架に本を入れていく。書庫に下げる本を縛りながら翠が小さく歌を口ずさんでいた。かたわらにしゃがみこんで作業しながら、なんの歌だろうと耳を澄ましたがわからなかった。悲しい旋律をしている。古い歌だということだけわかった。黴《かび》くさい図書館には、私たちが生まれる前の曲がよく似合った。

「なゆちゃん」

閲覧机から淑子が呼んでいる。翠に断ってそちらに行こうとした。歌いやめて翠が顔を上げた。

「那由多、約束を覚えてる?」

なんのことだろうと思ったのに咄嗟《とっさ》に「うん」と言っていた。移動を翠に任せて机に近づきながら、ようやく五色不動のことを思い出した。翠は書庫に行ったのか、振り返った時にはもう姿が見えなかった。

淑子は新着本に透明シールでコーティングを施《ほどこ》そうとしていた。

「やり方を教えて」

椅子《いす》に置いてあった自分の鞄《かばん》に軍手をしまい、机の上を見渡した。カッターがない。用具の置いてある貸し出しカウンターを探してみたが、そこにも一本しかなかった。

「カッターが足りないね」

工作用のカッターを手に机に戻ると、「小さいのなら持ってる」と淑子が布製の筆箱を開けた。細い刃のオレンジ色をしたカッターだった。

「じゃあそれを貸して。大きいほうがやりやすいから、淑子はこっちを使いなよ」

私は工作用のカッターを淑子に渡し、小さなカッターを淑子から受け取った。二人で並んで閲覧机に向かい、透明シールを広げる。

「ここに切れ目を入れて、本を合わせるの。空気が入らないように定規で押し当てながらシールを剝《は》がして……」

作業してみせながら説明する。動物を解体するみたいに、ひっくり返したりしごいたり擦りつけたりしながら本を透明な膜で覆《おお》っていく。

「はい、できた。あとは分類シールと登録番号を貼《は》って、貸し出しカードの袋を取りつければ完成」

淑子はすごいすごいと剝製《はくせい》のようになった本を手にとって眺め、厚い下敷きの上で自分も慎重にシールにカッターを入れはじめた。

「なゆちゃんさあ、最近どうかしたの？」

「どうかしてる？」

作業をしたまま視線を上げずに問い返した。隣で淑子は少し手を休め、言葉を探しているようだった。

「ボーっとしてるよ」

そう言って淑子は顔を上げた。いくら淑子が考えようが、彼女の口からは結局ストレートな言葉しか出てこないのだ。拍子抜けするような愛《いと》しいような気がした。翠だったらこうはいかない。翠がなにかを話すとき。それは彼女が私に全身全霊で何かを伝えようとしているときだ。私の中に潜《もぐ》って柔らかい身をそっとめくりあげ、眠っている真珠に触れようとしているときだ。

構える必要のない淑子の言葉は、私の表層を無難に撫でるだけに終わる。

「試験勉強で疲れたみたい」

淑子は、「なゆちゃんが？」と大げさに驚いて笑ってみせ、

「夏期講習だけじゃなくて、ふだんも一緒に塾に行こうよ」

と誘った。

「そうだね、考えておく」

と私は言った。

作業に熱中し、気がつくと五時の鐘が鳴っていた。そのころには私たち三人を残して、他の委員はすべて帰宅してしまっていた。

「今日で試験が終わったっていうのに、もう塾なんだって。みんな忙しいね」

笹塚はそう言って、盆に乗せて出してあった菓子の残りをつまんだ。私たちも菓子

を囲んで座る。私は何も食べたくなくて、笹塚がいれてくれたお茶を飲んでいた。翠が真剣な顔をして、キャンディーのように包装された駄菓子のゼリーのオブラートを剝がしている。

「淑子は塾はいいの？」

「今日はちょうど休みの日」

菓子を食べ飽きたらしい淑子はふらりと立ち上がり、棚からガイドブックを抜き出した。「もうすぐ修学旅行だね」

「そう思ってガイドを入れたんだけど、禁帯出だからね」

笹塚が笑って釘《くぎ》を刺す。

「楽しみなの？」

と翠が聞いた。

「楽しみじゃないの？」

と淑子が言った。翠はようやくゼリーを口に入れる。二人の質問はそれぞれの間で宙に浮いたままになった。蛍光灯が映っている茶の表面を眺めながら、翠は淑子が嫌いなのかもしれないと思った。

高島が大判の美術書を抱えて図書館に入ってくる。

「まだ残ってたの？」

高島は席を立った笹塚に返却の手続きをしてもらいながら私たちに話しかけた。

「もう外は暗いよ。早く帰んなさい」

「先生ぶってる」

と言って笹塚が笑った。笹塚と高島がこの学校で同期だったという話を思い出した。彼女たちはきっと、高校時代も仲が良かったのだろう。長年の友人と、大人になっても同じ職場で働くというのはどんな感じだろうと思った。たとえば翠と私がいつまでも一緒にいるということ。いくら思い描こうとしても、そんな未来は想像できなかった。翠と約束した「涼しくなった」時のことすらも何も思い浮かばなかった。水音が邪魔をする。迫り来るものが私は恐ろしい。そして恐ろしいのと同じくらい待ち望んでいる。未来を思い描くことなどできるはずもない。洪水はもうそこまで来ているのだから。

通学路をたどって丘を下り、私たちは横浜駅で別れた。桜木町で横浜線に乗り入れる電車が待っていたので、私はそれに乗り換えた。翠と淑子は当然そのまま京浜東北線で横浜まで行くのだろうと思ったが、彼女たちは私につきあって桜木町で降りた。桜木町から横浜までたった一駅。その一駅分の時間を私と共有するために、二人は電車を降りた。でもその一駅の間、私たちには会話がなかった。ただ並んで座っていた。電車が横浜駅のホームにすべりこみ、立ち上がる寸前に翠が、「大丈夫なの」と聞いた。翠も淑子も、いったい何を心配しているのだろう。「大丈夫だよ」と笑って答えた。「また月曜日にね」と淑子が言った。

動き出した電車の窓から、翠と淑子が階段に向かって並んで歩いているのが見えた。翠が私に気がついてちょっと手を上げてみせた。それもすぐに消え、会社帰りのサラリーマンを乗せた電車は加速をつけて夕闇《ゆうやみ》を走った。私は軽く座り直した。ポケットに違和感がある。淑子にカッターを返し忘れたのだ。

東神奈川からさらに人が乗ってきて、車内は混みあっていた。すべての吊革《つりかわ》がぶらさがるサラリーマンで埋まっている。私は膝《ひざ》に置いた鞄をじっと見ていた。私がどんなに泣いていても、母は一人で呼吸を止める。私を絡め取る粘液の糸のような呪いの言葉を残して。黒い学生鞄に置かれた自分の指がやけに白く光っていた。虫みたいだ。鞄の上で指を蠢《うごめ》かしてみる。

気配を感じて視線を上げると、興奮したペニスが目の前にあった。いつも思うが排《はい》泄物《せつぶつ》に似ている。私が見慣れていないからそう思うだけなのだろうか。さらに視線を上げると茶色いスーツを着た三十代半ばの男と目が合った。私が気づいたことに気がついて、彼はますます興奮する。電車の揺れに合わせるふりをして腰を突き出してくる。心の中でため息をついた。もううんざりだった。私は誰にも侵されたくないし、誰かに救いを求めたくもなかった。希望はとうの昔にうち砕かれ、悲鳴は上げる間《ま》もなくどこかへ消えた。そのことからずっと目をそらし続けてきたが、それもうおしまいだ。

私はこの激情をどうやってやりすごそう。ノアの箱舟にはつがいしか乗れなかった。生き延びるための船に私は乗れない。でも洪水は迫っている。水流はすぐそこまで来ているのだ。私の両隣に座って、何も気づかずに目を閉じている中年の男たちを見た。ペニスを露出させている男の左隣には、吊革につかまって面白そうに私と男とを見比べている若いサラリーマンがいる。灰色のスーツを着たその若い男は私の視線を受け止めて笑った。おもちゃ売場にいた男と同じ顔をして笑った。その目は雄弁に告げている。誰もおまえを助けない。誰もおまえを救わない。

男の目をそらさずに見つめ返した。私はもう名札を握りしめて混乱していた幼女ではない。私は言葉を知った。そして言葉では私を犯す視線から指から性器から私を守ることはできないのだと知った。男はたじろいで視線を外す。覚悟のない視線の罪を知るといい。私は鞄から軍手を取りだした。鞄の上で両方の軍手を綺麗《きれい》に揃《そろ》え、付着したゴミを取る素振りをした。

私の目の前に立つ男はますます興奮の度合いを高めている。女の眼前に性器をさらけ出してわかりやすい欲望に浸っている。電車は小机《こづくえ》駅を発車する。もう少しで窓の向こうに川が見える。この男が立ちはだかっていたのでは川を見ることができない。ふと、愛や憎しみに拠《よ》らずに男の性器を切り取ろうとしている自分が哀れに思えた。愛人の性器を切り取って伝説のように名を語り継がれている女を思った。私の心は冷えて淡々としている。目の前の男の性器になんの愛着も憎悪《ぞうお》も湧《わ》かない。愛情で性器を切断するなんて幻想だと思った。そんなものは都合の良い幻想だ。蜜柑《みかん》を収穫するみたいに、枝からぱちんと切り離す。なんの感情もない。それだけのことだ。

早くしないと川べりに出てしまう。私は左手に軍手をはめた。性器はびくびくと脈打っている。にやけていた傍観者の男を見た。男は私の行動を食い入るように見つめていた。そうだ、見ているといい。私はさらけ出されたペニスを左手でつかんだ。興奮していた男が私の動きに初めて気づき、低く呻《うめ》いて私を見下ろした。私は彼の視線を下から受け止めて笑った。この上もなく邪悪に笑った。電車がトンネルの中に入った。水流に似た轟音《ごうおん》が響く。揺れに身を任せる人々の姿が窓ガラスに映し出される。

右手をスカートのポケットに突っこみ、カッターを取りだした。男が身じろぎする間《ま》を与えずに、素早く刃を送りだし男の性器の根元に当てた。

掠《かす》れた悲鳴を上げたのは傍観者の男だ。布目を通して伝わる性器の熱。切り取ろうとしたのに刃が小さい。仕方なく横に引くと皮が切れて小さな赤い血の玉が浮いた。茶色いスーツを着た男は声も出せずに身をかがめた。額には脂汗《あぶらあせ》が浮き目が血走っている。至近距離から私を見る目には驚愕《きょうがく》と自分の身に降りかかった暴力への怒りがあった。私はその目を自分でも驚くほど冷ややかに見返した。軍手をはめていた手が汗ばんでいる。軍手を取り、血のついたカッターをさりげなく挟みこんでまた鞄にしまった。電車がトンネルを出る。

傍観者の男に目をやると、彼はすでに我関せずとばかりに窓の外を見ていた。でもその頬は張りつめ、私の視線を感じて喉仏《のどぼとけ》がわずかに上下した。私は密《ひそ》かに笑う。性器に斬《き》りつけられた哀れな男の右隣には、今ようやく起こっている事態に気づいた中年のサラリーマンが立っていた。くたびれた感じのその男は、突然隣で苦しみはじめた茶色いスーツ姿の男を怪訝《けげん》そうに眺めている。でも声はかけない。見ているだけだ。

誰もおまえを救わない。

周囲の注目を集めはじめたことに気がついて、男は苦しみ前屈《まえかが》みになりながらドアのほうに移動する。前方の視野が開けた。線路際《ぎわ》まで迫っていた家々の明かりが遠のき、真っ暗な空間が窓の外に広がる。

川べりに出たのだ。景色は暗闇に沈み、窓には白茶けた車内が映る。川の対岸にある煙突の、赤いライトの点滅だけが何かの合図のように闇から光る。電車は減速し鴨《かも》居《い》駅に着いた。私は席を立ち、男が逃げていったドアのほうに歩いていった。男は私に気がつかなかった。体を支配する痛みで精一杯のようだった。ドアのガラスに額を擦りつけるようにして辛《かろ》うじて立っていた男は、開いたドアから転げるようにして電車を降りた。ガラスに残ったであろう汗の水滴。私は少し顔をしかめた。男の脇《わき》を通りすぎていつもどおり階段を上り、改札を出た。駅前の小さなロータリーの植え込みに腰かけて長い時間を待った。よろよろと階段を下りて姿を現した男は客待ちをしていたタクシーに乗りこんだ。車は横浜方面に向けて走り去った。

私の中でごうごうと遠い水音がする。去っていく激情の音なのかもしれないし、またどこかから押し寄せる新たな洪水の音かもしれない。私は新しい船を造る。つがいではなく一人の人間たちを乗せる新しい箱舟で大洪水を渡りきるために。水が引いた後にはどんな大地が残っているだろう。誰が踏み荒らした跡もない乾いた広い大地。花の咲かぬ土地を誰が不毛と決めたのか。

テールランプが完全に夜の道路に溶けこんでから、私はようやく立ち上がった。マンションに向かって歩き出す。図書館で翠が歌っていた古い歌が私の唇からもこぼれた。

新しい箱舟には翠も乗っているだろうか。

地下を照らす光

凝《こ》っていた遊びがあって、それは人を見てセックスをしたことがあるかないか分類していくというだけのものだ。分類したからといって、その振り分けが正しかったのかどうか本人に確かめるようなことはもちろんできない。ただただ、私だけが楽しむ暇つぶしだ。脊髄《せきずい》反射を鍛えるためのトレーニングみたいなものだ。

だけどけっこう時間はつぶせる。することもない電車の中や、歩くのも億劫《おっくう》な人混み、退屈な授業の最中。この人はセックスしたことあるかしら？　と考える間《ま》もないぐらい瞬時に、私はパッパと振り分けていく。「ある、ある、ある、ない、ある……」そんな感じに淡々と。

そうしてみてわかることだが、世の中の大多数の人間はセックスしたことがあるのだ。ランドセルを背負っている小学生や、母親に抱かれた赤ん坊はとりあえず除外しよう。でも、赤ん坊を抱いている母親はセックスしたことがあるはずだ。その証《あかし》を愛《いと》しそうに人々の目にさらしているのだから、私はちょっと笑ってしまう。とにかく、ある程度の年数を生きると人は自然とセックスするもののようだ。

分類に励んでいて何よりも笑えるのは、ものすごく不細工で太って服の趣味も悪い女が、子どもの手を引いて歩いているのを見るときだ。いや待て、彼女は心根の清らかな人なのかもしれない、と自分を諌《いさ》めたその途端に、女は試食のウィンナーをバクバク食べて、スーパーマーケットの床に寝そべって泣き叫ぶ子どもを口汚く罵《ののし》りながら引き上げ小突くようにして歩かせたりするのだから、もう本当に信じられない。何が信じられないって、そんな女を妻にしてあまつさえ欲情をもよおして子どもまで作ったらしい彼女の夫が信じられない。驚異の精神力と性欲の持ち主だと思う。そういう男を宇宙空間に送るといいだろう。彼なら過酷な労働にも耐えて見事宇宙ステーションを完成させられる。つらい現実を直視しないらしい性格と、どんな困難にも枯れることのない繁殖力は並のものではない。きっと宇宙向きだ。

でもまあこの遊びにも飽きた。学校で見る変わらぬ面々の分類はしてしまったし、電車の中では最近眠くていつも立ったまま寝ているし、とにかく人を見てなんらかの判断を下すということに疲れてしまった。たとえ脊髄しか使わないとしても、判断するというのは疲れることだ。

学校は面白いところで、この分類もやりがいがあった。たとえば、神を信じる未婚の中年女性物理教師は処女に決定。シスターである校長は当然処女でなくてはいけないところだが、意表をついて実は経験があったりして。夜な夜な部屋で戦闘機のプラモデルを組み立てるのが趣味という男性教師は経験はないだろう。などなど、人々に紛れて電車に乗っていたらわからないだろうことも、こうして学校という閉ざされた空間に押しこめられると見えてくる。そして学校というものが、世間一般の基準からしたらかなりずれた人々が集う場所なのだということもわかってくる。

教師も、生徒も。閉鎖空間に押しこめられて少しずつ狂っていく。

一番分類しがいがあるのは、微妙なお年頃にある女の子たちだ。一緒に机を並べる彼女たち。昨日まではつやつやとしていた肌が、その次の日にはしっとりとまるで別の質感に変わっていたりする。そのたびに私は新たな分類地図を心の中で作成していたのだが、とにかくもうそれには飽きた。

私にとって今一番大切なのは、先生とのことだ。先生は最近冷たいような気がする。授業中に私と絶対に目を合わさない。私を指して何か答えさせることもしない。それは夏休み前からだ。気のせいだろうか？　私はなゆちゃんほどかわいらしい容姿じゃないし、中谷《なかたに》さんほど超然とした雰囲気もない。成績だってごく普通だ。他の先生の授業の時だって、私はいるのだかいないのだかわからない存在感で教室に座っているだけだ。夏休みも入れて三カ月間、先生と公的に接触していなくてもさほど不思議ではないのかもしれない。

私の脳みそは冷静にそう判断する。私は実際に、国語の授業中に誰が何回指されたかをノートの片隅に記録している。こんなに執念深さと実証性が同居した性格が我ながら嫌だけど、こういう私を誰も知らないのだからいいだろう。記録によると、聖フランチェスカ高等学校二年C組三十二名の中で、この三ヵ月間に先生に授業中に指名されたのは二十四名だ。この中で二回指されたのが五名。三ヵ月と言っても間には夏休みや試験期間があったし、実質的には一ヵ月ぐらいのもので、国語の授業は週三回だ。先生はそんなに授業で生徒に答えさせることもないので、これは妥当な回数だと思う。二十四名の中に私の名前がないからといって、こんなに先生のことばかり考えるほどの事態ではない。

それでも私の脊髄はびんびんと嫌な振動を体中に伝えてくる。私は怖い。終わるのが怖い。ほの白く私は怯《おび》える。誰かに打ち明けたい、相談したいと思うけれど、一体誰になんと言えばいいのだろう。

考えてみれば、親しい友だちなどいない。なゆちゃんとは夏休みの間、同じ塾の講習に通った。私はなゆちゃんと仲良くなりたいとずっと思っていたから、一緒に塾に行くのはずいぶん楽しかった。わかっていたことだが、なゆちゃんは変わっている。

決して人と同じような格好はしない。いつだって、どこで買うんだろうと思うような、それでいて彼女にとても似合う服を着ている。男の子に声をかけられても、別にとりたてて嬉《うれ》しそうでもない。困ったように言葉を途切れさせてしまうことだってある。そのあいだ、声をかけてきた男の子はどうしようもなくて突っ立っているだけだ。

そんな場面を何回も目撃しているうちに、なんとなくわかるようになった。なゆちゃんはまだ子どもなのだ。自分の中の何かをもてあまし、今まで経験のなかったことにうまく対処できずに戸惑う子ども。生島《いくしま》君とだって、慣れればきっとうまくいく。あまり会っていないようなことを言っていたけれど、生島君はなゆちゃんに夢中みたいだったから、なんとかなるんじゃないだろうか。

なゆちゃんは今日で一週間、学校に来ていない。期末試験が終わった日、横浜駅で私は彼女に、「また月曜日にね」と言った。でも、月曜日になゆちゃんは学校に来なかった。中谷さんに、「どうしたんだろう」と聞いたけれど、中谷さんも知らないみたいだった。風邪だろうかと私たちは言って、火曜日にもなゆちゃんは来なかったから、その夜に私は電話をかけてみた。なゆちゃんのお父さんが出て、風邪を引いたらしくずっと寝ていると言った。

そしてまた新しい一週間が始まろうとしている。なゆちゃんの席はぽっかりと空いたままだ。廊下側の後ろの席をそっと振り返る。中谷さんの姿はなかった。朝の授業には出席していたから、たぶんまたどこかでさぼっているのだろう。

私はどうしたって、なゆちゃんの一番にはなれないみたいだ。なゆちゃんには中谷さんがいる。二人は特別べたべたと仲がいいわけではない。むしろ、私の基準からするとあっさりした友人関係のように見えた。一緒にトイレにも行かないし、毎日連れだって帰るわけでもない。それでも、少しなゆちゃんに近づくと、それは中谷さんに近づくことでもあったのだが、二人の間の絆《きずな》のようなものに気がついた。

なゆちゃんは、たとえば私と中谷さんの葬式が同じ日にあったとして、絶対に私の葬式には来ないだろう。変なたとえかもしれないが、そういう確信が私の中に生まれた。中谷さんにいたっては、中谷さんの親がいま臨終を迎えようとしているというその時に、なゆちゃんの通夜《つや》があったとしたら、絶対になゆちゃんの通夜を選ぶだろうと思わせるものがあった。

あれはなんなのだろう。本という同じ趣味で結ばれているから？　私は本を読まないからわからないけれど、本好きというだけであんなに、精神的な双子《ふたご》みたいに感応しあうものだろうか。友情というには濃密で、恋愛というにはあまりに素っ気ない。好意だけが二人の間を占めているのかと思ったら、突然憎しみみたいな冷たさの存在を感じることもある。なゆちゃんと中谷さんの関係を、どう言葉にして表せばいいのかわからない。本を読んでいないせいで私の語彙《ごい》は少ないのかもしれない。そう思うと、またちょっと引け目を感じてしまう。

　言葉にならないものは、「ない」ことと同じなのだろうか。友情に濃淡があって、恋愛にも濃淡があって、でもその微妙な濃淡の狭間《はざま》、あるいは重なりあっている部分に、あの二人の関係はあって、そしてそこはまだ誰も踏み入れたことのない秘密の場所なのだろうか。

　それとも、踏み入れたことに本人たちすら気づくことができない、こととたいして変わることのない場所なのかもしれない。

　とにかく私はなゆちゃんと仲良くなりたくて、でもそのきっかけは中谷さんだった。私と中谷さんは、去年も同じクラスだった。

　中谷さんは特に目立つこともない、おとなしい人だった。毎年四月にはクラス替えがあって、そのたびに正面玄関のマリア様を背景にして記念の集合写真を撮る。現像された写真を眺めて初めて、「あら、綺麗《きれい》ねこの人」と気づくような、そんな感じの人だった。整った目鼻立ちにほっそりした手足。いつも教室の片隅で一人で静かに本を読んでいる。事務的な会話は普通に交わすけれど、それ以外では彼女は特別に誰かと打ち解けようともしていないようだった。

　そういう人もいるんだな、と思った。極力飛び抜けるということのないように、でも「仲良し」の子たちとは楽しげに明るく過ごす。それが学校生活を円滑に送る秘訣《ひけつ》だと思ってきた私には、中谷さんのような静かな潔《いさぎよ》さはとても真似《まね》できそうになかった。中谷さんはその静けさと超然とした雰囲気のせいで、逆にクラスの中の誰よりも目立っているように私には感じられた。もちろん、私には彼女の気を引くような話題もなかったし、話しかけることなどできはしなかったのだが。

　天気のよい五月の放課後、私は友だちと教室で他愛もないおしゃべりをしていた。聖フランチェスカは幼稚舎からある。そこにいた私も含めた四人は、幼稚園児の時から同じ学校で過ごしてきた。つきあいが長いからといって、それが即座に深さにつながるとは私も思わないが、それでも一番気安く話せる人たちではあった。

　真理《まり》ちゃんが言った。

「それにしても、中学から入ってきた人たちとは、私どうしても仲良くなれないわ。育ちが違うっていうのかしら」

　幼稚舎と小学校は、丘を少し下った別の敷地にある。中学高校とは特に交流もなかった。聖フランチェスカには大学はなく、中高一貫教育をうたい文句にしていて、ほとんど生徒全員が受験して大学に進学する。中学から入ってきた人たちと、幼稚舎からフランチェスカにいた人間との間には、確実な違いが存在した。それは外の世界を知っているかいないかということと同時に、家庭の金銭的なレベルの問題でもあった。

中学から入ってきた人たちは、ごく普通のサラリーマンの娘が多かった。逆に、幼稚舎からいる生徒の親は、医者や会社経営者などが多い。つまりは金持ちなのだ。私の家も控えめに言ってもかなり裕福だ。真理ちゃんの家なんて、働く必要もないほど裕福だ。田園調布に大きな家があり、銀座にいくつもビルを持っている。よくわからないけれど、そりゃあサラリーマン家庭とは育ち方も違うだろうとは思う。

真理ちゃんがそういうことを言うのはいつものことなので、私は黙っていた。私以外の三人は、「育ちの違い」についてあれこれと文句を言う。

「だいたい、海外に行ったこともない人もいるのよ」

「つまりはパスポートも持ってないってことでしょ。信じらんない」

「話題にも気を使うのよね、そんな人相手だと」

三人は笑いさざめく。真理ちゃんは断固とした調子で言い切る。

「とにかく、外部から来た人たちのせいで、学校の格が下がるのよね。中学で生徒を募集するのをやめたらいいのに」

真理ちゃんの家は学校に多額の寄付をしているという噂《うわさ》だし、案外本当に外部募集がなくなったりして、などとぼんやりと私は考えていた。現在のところ、三対一の割合で幼稚舎からの人間のほうが多い。中学からの募集をなくすのは、もしかしたら簡単なことなのかもしれない。でもそうなると、中谷さんみたいに、このぬるま湯になじまずに冴《さ》え冴《ざ》えとしている人はいなくなってしまうんだろう。

教室の後ろの扉が開かれたのはその時だった。思いもかけず音は大きく響いて、私たちはいっせいにそちらを振り返った。

中谷さんが入ってきたのを見て、私はびっくりした。ちょうど彼女のことを考えていたからだ。他の三人も、少し気まずげに口をつぐむ。

中谷さんは私たちのほうをちらりと一瞥《いちべつ》すると、何も言わずに自分の机に歩み寄り、中から文庫本を一冊取りだした。そしてもう私たちのほうは見もせずに、まっすぐに教室を出ると、またがらがらと音を立てて扉を閉めた。人気《ひとけ》のない校舎に、その音が高く響いた。

呆気《あっけ》に取られていた私たちは、自然と顔を見合わせるようにした。

「なあに、あれ」

気をそがれたように、真理ちゃんが肩をすくめた。

クラスメイトに会釈《えしやく》すらしない彼女の態度が、私にはなんだか眩《まぶ》しく思えた。そして当然のことながら、彼女が私たちの会話を聞いていたのかどうか気になった。

なおも気をつけて中谷さんを見ていると、どうやら彼女は隣のクラスのなゆちゃんと仲がいいことがわかってきた。笑いあいながら廊下を歩く姿を見かけたし、国語科研究室の窓から、道路を渡って放課後の図書館に向かう二人の後ろ姿を見ることもよくあった。

「何を見てるの」

と先生が言った。

「ううん、なんでもない」

と言って私はカーテンを閉めた。先生には見せたくないような気がした。

高校生になって数カ月たち、そろそろ新しいクラスにも慣れてきたころに、中谷さんと個人的に話す機会が巡ってきた。もうすぐ夏休みという日の夕方、私は通学路から外れた狭い坂を下っていた。母に頼まれて、元町の裏通りにある小さなお店のクッキーを買って帰るためだった。その程度の寄り道ですら、本来なら生徒手帳に書いて提出し、担任の許可を得なければならない。いつもだったらそうするのだけれど、その日の朝は母がお茶に行くとかで準備に忙しそうだったし、もう高校生になったんだからという気分もあって、私は無許可で通学路を離れた。

歩き慣れぬ道は私の胸を高揚感でいっぱいにした。木漏れ日がこの上もなく美しいものに感じられる。立ち並ぶ古い屋敷を覗《のぞ》きこみながら、石畳の階段を下りた。本格的な夏に備えて清掃されたばかりの市営プールは、澄んだ水をたたえて子どもたちを待っている。その脇《わき》の、木が茂った公園のベンチに見慣れた制服を見つけ、私は足を止めた。

中谷さんだった。二カ月ほど前の気まずい時間を思い出して、どうしようか私はしばらく逡巡《しゅんじゅん》した。でも、自分が誤解されたままというのも嫌だったし、真理ちゃんと私とは違うということを中谷さんにはっきり知らしめてやりたいような気にもなって、私は公園に下りていった。

「中谷さんも寄り道？」

ベンチの前に立って声をかけてようやく、中谷さんは私の存在に気がついた。読んでいた本から顔を上げ、まぶしそうに目を細める。

「ああ、ええと……」

中谷さんは落ち着いた声でそう言って、少し眉《まゆ》を寄せた。わかっていたことだったが、彼女は私の名を知らなかったのだ。同じクラスになって三カ月も経《た》つというのに。

私はため息をついて、

「坊家《ぼうや》。坊家淑子《としこ》」

と言った。中谷《なかたに》さんはうなずき、でも自分の名前を改めて名乗るようなことはせずに、また本に目を落とした。拒絶する素振りはなかったので、私は中谷さんの隣に腰を下ろした。

「この道、初めて通ったけど、緑も多いし静かでいいね」

中谷さんはどうでもいい感じで「うん」と言った。

「……なに読んでるの？」

本を読んでいるときにこういうことを聞かれるのは、うるさくて嫌なものなんだろうな、と思いつつもわざと聞いた。教室の中でいつも一人で平然としている中谷さんが羨《うらや》ましかったが、こうして私と対峙《たいじ》しているときすらも本に熱中しているらしいことが、憎たらしくもあった。中谷さんがそんなに孤高を気取るなら、私もご期待に応《こた》えて、無神経にずかずかと人の領域に土足で侵入する人間を演じてやろうと思ったのだ。

私の態度をどう思ったのか、中谷さんはうるさそうでもなく、「ん」と本を持ち上げて表紙を私に向けてみせた。『葛原妙子歌集《くずはらたえこ》』と書いてあった。もちろん聞いたこともない名前だった。また彼女の膝《ひざ》の上に置かれた本のページを覗いてみて、それがどうやら短歌の本らしいとはわかった。「ふーん」としか言いようがなく、それでも中谷さんへの興味は続いていたから、目についた短歌を読んでみた。

天上の食事は怖《おそろ》しからざるか密雲のうへ飛べる飛行機

あら、と私は思った。なんとなくわかるような気がした。私もいつも、飛行機で物を食べるたびに妙な気分になる。怖いような、気持ちがいいような。食べた物がどこに落ちていくのかわからず心許《こころもと》ないような、それでいていつまでも胃に到達せずに詰まって息苦しいような。

「これ、わかる気がする」

何者かに操られるように、私はその短歌を指して言っていた。「セックスするといつも、ものすごく深い海に浮かぶ船の上で物を食べてるみたいな、まわりには雲しかない飛行機の中で物を食べてるみたいな、そんな気持ちがするの」

中谷さんは顔を上げて私を見た。その視線を頬に感じてようやく、ほとんど初めて会話を交わす相手にいきなり「セックス」とか言ってしまった自分に気がついた。私は恋に狂っていて、覚えたてのセックスのことばかりわりといつも考えていたので、中谷さんと親しくなるせっかくのチャンスを逃したくないと焦《あせ》ったらそんなことを言ってしまったのだ。

でも私が心のどこかで予測していたように、中谷さんは顔をしかめもしなかったし、好奇心に満ちあふれて私の発言を追及したりもしなかった。ただ、「そういうもの?」と、なんの気負いもなく幾分柔らかい声で言っただけだった。いつもの脊髄《せきずい》反射で中谷さんを処女に分類しようとして、踏みとどまった。夕暮れの中で静かに本を読み、不躾《ぶしつけ》な闖入者《ちんにゆうしや》にも揺らぐことなく応対している彼女に、失礼だと思ったからだ。

なんとなく打ち解けられたようだったので、私はまたおずおずと話しかけてみた。

「このあいだの放課後、私たちの話を聞いた?」

「このあいだ?」

中谷さんはちょっと首をかしげ、やがて思い当たったのか、「ああ」と言った。

「聞いていた。そういえば坊家さんもいたわね」

私は慌《あわ》てて弁解した。

「真理ちゃんたちは、すぐにああいうこと言うのよ。幼稚園から一緒だから、妙な身内意識があるみたいで」

「べつに気にしてないわ」

中谷さんは笑った。笑いながら切って捨てた。

「ただ、どうやっても通じあうことはできないというだけのことよ」

なめくじに理を説いても無駄だ、とでもいうような冷たい声音にぎょっとした。確かに真理ちゃんたちが言っていたことのほうがおかしいとは思う。学校の格とか海外旅行とか、そんなまさにどうでもいいことに価値を見いだそうとするなんて理解できない。だけど、中谷さんの冷ややかさと孤立も、実は真理ちゃんたちと同じようなエリート意識の、別の形での表れなのではないかと思えた。

しかし、こっそりとうかがい見た中谷さんの横顔には、どんな驕《おご》りも怒りも浮かんではいなかった。ただひたすら静謐《せいひつ》な、哀《かな》しみや諦《あきら》めに近い何かの気配が漂っているだけだった。

「私、買い物があるんだった。邪魔してごめんね」

そう言って立ち上がった私に、中谷さんはわずかに首を振ってみせたようだった。

そして彼女は言った。

「さよなら」

「さよなら」

公園を出るときに振り返ると、中谷さんは百年前からそうしていたかのように、膝に置いた本にじっと目を落としていた。

それから私は、少しずつ中谷さんと話すようになった。そうするうちに自然に、中谷さんと仲のいいなゆちゃんとも遊ぶようになった。それまで私の周囲にいたのは幼稚舎から一緒だった子ばかりだったから、この新しい友だちに私は夢中になった。特になゆちゃんは、中谷さんよりも取っつきやすかったし、お人形のように可愛《かわい》い容姿に見合わぬ毒舌も楽しかった。

共通する趣味もない私では、なゆちゃんと中谷さんほどには二人と仲良くなれないとわかってはいた。だが、素っ気ないようでいてさりげなく気遣ってくれる友人というものがなかった私は、二人の存在があるだけで気が休まる思いがした。この二人になら、噂に振り回されず、自慢話を聞くこともなくつながっていられる相手。この二人になら、私の秘密を話すことができるかもしれない、と思うようになった。

そして今年、私たち三人は同じクラスになったのだ。

退屈な授業はまだ続いている。なゆちゃんがいないこの一週間、中谷さんともほとんど話していない。欠落があったとき、難しいのは残された人間がどうバランスを取るかだ。なゆちゃんがいればなめらかな関係も、中谷さんと二人になってしまうと全然機能しなくなる。星が一つ欠けただけでも、星座がまったく意味をなさなくなってしまうみたいに。

私はいくらでも他におしゃべりしたり一緒に帰ったりする友人がいるからいいが、中谷さんはなゆちゃんがいないと本当に一人だ。彼女は相変わらず本を読みながらお弁当を食べたりしているが、私はちょっと気になっていた。なゆちゃんの風邪が早く治るといい。一週間も休みだなんて、そうとう具合が悪いのだろう。

八月の初めに中谷さんと一緒になゆちゃんのマンションに遊びに行って、驚いたことがある。収納の扉が開いていて、そこに写真と小さなガラスコップに活《い》けられた白い花があった。飼い犬かなにかの遺影かしらと思ったら、ついこのあいだ亡《な》くなった、なゆちゃんのお母さんの遺影だった。私の家には大きな仏壇があって、死んだ祖父母には毎日お線香とご飯があげられている。棚に置かれた写真と水は、私が小学生の時に死んだ飼い犬のベスのものだ。だから私は驚いた。私の家の死んだ犬の扱いと、なゆちゃんの家のお母さんの扱いが同じだったから。

心の表し方の違いにすぎないとわかっていても、目のやり場に困るような気分になった。

なゆちゃんの家からの帰り道、私と中谷さんはほとんど黙ったまま、横浜線に並んで座っていた。中谷さんは東横線の白楽《はくらく》に住んでいるから、菊名《きくな》で乗り換えればすぐなのだが、「いいわよ、横浜まわりで帰るから」と言った。中谷さんはいつだって一人で行動するのに、私に合わせてくれるなんて珍しいなと思った。嬉《うれ》しかったけれど、あまり話題も思いつかないから、「今度は私の家に遊びに来て」などとありきたりのことしか言えなかった。

「家は鎌倉だっけ?」

「そう。駅からちょっと歩くんだけど、静かなところだから紅葉の季節にでもどう?」

中谷さんは、「そうね」と言って微笑《ほほえ》んだ。そして声をひそめて、

「あの建物ね」

と、大口《おおぐち》駅をちょうどゆるやかに出発した電車の窓から見える、古ぼけた灰色のビルを指した。私は中谷さんの指差すビルを眺めながら、耳元で中谷さんの声を聞く。

「昔は精神病院だったんだけど、今は空きビルなの。でも中に入りこんで、屋上から飛び降りる人がずいぶんいるからって、今度取り壊されるのよ」

「まあ」

と私は眉をひそめた。「怖いわね」

ビルの壁には蔦《つた》が這《は》い、薄い窓ガラスは茶色く汚れている。変な造りのビルで、二階建ての高さの立方体の建物のまわりを、六階建てぐらいの四角い建物が、コの字型に取り囲むような設計だ。線路からは、内包された二階建ての屋上がちょうど中庭のようにこちらに開かれて見えている。裏側から見たら、普通の六階建ての古ぼけたビルだろう。中がくり抜かれたようになっていることは、線路側から見ないとわからない。二階建て部分の屋上には、錆《さ》びついているらしい物干し台が置いてあった。

あの六階建て部分の屋上から、中庭のようになっている二階建て部分の屋上めがけて飛び降りる人がいるのだろう。気持ちはわかるような気がした。並びにある新しい建物とは違って、そのビルはどっしりとした重みと、暗く人を惹《ひ》きつける磁力のようなものを発散していた。

乗り換えのために横浜駅の階段を下りたところで偶然、先生に会った。夏休みになって、ほとんど先生に会えなかったから、私は嬉しくなって「先生」と声をかけた。その時点で中谷さんのことは完全に頭から消えていた。先生は東急ハンズの紙のかかった箱を持っていた。駆け寄るようにして近づいた私を制するように、先生はちらりと私の背後を見た。そうだ、と思って振り返ると、中谷さんは軽く先生に会釈《えしやく》し、私に向かって手を一振りすると、東横線の連絡口のほうに歩いていった。

「いつも言ってるけど、少し人目を気にしてくれ」

「だってずっと会ってなかったんだよ」

「補習期間中、用もないのにうろちょろしてたのは誰だ」

先生はあきれたように笑って言った。その表情だけで、私はもうどきどきしてしまう。そして同時に、先生はずるいなと思う。私はいつだって終わるのが怖い。終わりたくない。終わるのなら死のうと思う。そうだ、死ねばいい。そう思えたから恋をした。でも先生は違うみたいだ。私だってまるっきり馬鹿《ばか》というわけじゃないから、それぐらいはわかる。私は先生が欲しいというものならなんだってあげたいと思う。そう言うと先生は笑って、「じゃあ金と車」と言うけれど、本当にそんなものでいいならいくらだってあげる。今はまだ自分で稼げないけれど、自慢じゃないがうちにはお金だって車だっていっぱいあるのだ。先生を好きになるまで気にしたこともなかったが、私の家はどうやら普通よりもお金持ちみたいだ。車を盗み出したらさすがに親にもばれてしまうだろうけれど、お金ならけっこう好きにできる。

でも私はそうはしない。それで先生が私だけを好きになって私から離れられなくなるのならそうしてもいいけれど、きっとそんなふうにはならないだろう。逆に、ガキのくせになんだこいつ、と思うようになって、家からお金を持ち出してくる私を疎《うと》ましく感じるようになる。だからしない。女子高校生らしく、「すぐそんな意地悪言う！」と拗《す》ねてみせるだけだ。

本当はこの場ですぐに先生の胸ぐらをつかみあげ、取りすがって、先生は本当に私のことが好き？　死んでもいいくらいに私のことが好き？　私は先生が好き。先生には私が持っているもの、これから得るもの、何もかもすべてあげる。だから好きだって言って。困ったように笑うだけじゃなく、いつも私を抱いて、と叫びながら詰め寄りたい。でもしない。終わってしまうのが怖いから、そんなことはできない。ただ、ためらいがちに、

「ねえ、今から先生の家に行ってもいい？」

と聞くだけだ。

「今から？」

と言って先生は腕時計を見る。三時過ぎだ。

「こんな半端《はんぱ》な時間に、何をしてたんだ？　中谷と遊んでたんじゃないのか」

階段から下りてくる人たちの邪魔にならないように、私たちは端《はし》に寄った。

「なゆちゃんちに行って、帰ってきたところ。もうこの後の予定はないんだ。ね、いいでしょ?」

本当は夕方からある塾の講習に行くために、早めになゆちゃんの家を出たのだ。中谷さんも、夜は店番をしなければいけないから、と一緒に帰ることになった。店番! 私はまた、なゆちゃんの家の遺影を思い出してしまった。なゆちゃんのお母さんの写真は、私の記憶の中でいつのまにかベスのものとすり替わっていた。

先生は「ふうん」と少し疑わしそうに私が持っている鞄《かばん》を見たが、深くは聞いてこなかった。

「いいよ。じゃあ三十分ばかしこのへんで時間をつぶしてから来な」

京浜急行線の連絡口に消える先生の背中を見送ってから、私はいったん定期券で改札を出た。外側から京浜急行の乗り場を覗《のぞ》き、発車案内板で三十分後の電車の時間を確認する。それから私はルミネのトイレに入り、番号非通知にした携帯電話からお茶の水にある塾に連絡を入れた。

「お世話になっております。坊家でございますが、今日、娘は熱を出しましたので、お休みさせていただきます」

手慣れたものだから、すらすらと言葉が出る。先生の前にいた時には、あんなに心臓が苦しいほどだったのに、と自分がおかしかった。

先生の借りている部屋は、京急の南太田《みなみおおた》駅から五分ぐらい歩いたところにある。安っぽい白い壁の、アパートに毛が生えたようなワンルームマンションだ。チャイムを押すと、先生はすぐにドアを開けて私を通した。

「ジュース買っておいてやったぞ」

先生はちょうど、ベッドの脇《わき》にスタンドを設置しているところだった。箱が乱雑に放り出されている。

「前の、壊れちゃったの？」

「学生の時から使ってたからなあ。明かりがないと寝っころがって仕事ができないから、早速買ってきた」

なかなかいいだろ、と先生は子どもみたいに銀色のスタンドを私に見せたがる。なんだかサンマみたいだなと思ったけれど、うん、いいねと言っておいた。

冷蔵庫を開けると、近所のコンビニエンスストアの袋に入ったままのジュースの缶が、無造作に押しこめられていた。あとはビールばかりだ。私が急に行くと言ったから、帰りがけにジュースを買ってくれたんだと思うと、なんだか涙が出そうだった。実際には泣かずに、ベッドにもたれかかってスタンドの明かりの角度を調整している先生の隣に座りこむ。

しばらくスタンドのほうに顔を向けている先生の顎《あご》の線を見ていたが、我慢できなくなってそこにキスをした。先生が特に何も反応を示さなかったので、先生の膝《ひざ》に乗り上げるようにして首に腕をまわした。

「あのねえ」

と先生はまたあきれたように言って、少し上になった私の顔をようやく見た。「君はどうしてそう無防備に男の上に乗っかってくるの」

「先生のこと好きだから」

先生の首筋に顔を埋めるようにして目を閉じた。先生は黙って、私の背中をぽんぽんと叩《たた》いた。そして片手で器用に煙草《たばこ》を振り出し、口の端にくわえて火を点《つ》ける。

「この前も中谷に見られただろう。大丈夫か？」

先生の体温を感じながら、この前っていつだろうとぼんやり考えて、梅雨のときかと思い当たった。国語科研究室で、相手をしてくれない先生を振り向かせたくて、椅《い》子《す》に座った先生に背後から抱きついていたらノックの音がした。慌《あわ》てて離れて手近の椅子に座るときに、私は大きな音を立ててしまう。先生が動揺を押し隠して「どうぞ」と言うと、一瞬の間《ま》があいてからドアは開いた。

中谷さんだった。彼女はさりげなく室内を見渡し、私と目が合うといつものように静かな微笑を浮かべた。そして入室してくると、窓際《まどぎわ》の机にいる先生のほうに淀《よど》みなく進み、

「前期の図書館購入分の書籍です。笹塚《ささづか》先生が、一応目を通しておいてほしいとおっしゃっていました」

と、何枚かの紙を手渡した。

「ああ、ありがとう」

先生は受け取って、おざなりにリストを捲《まく》ってみせる。中谷さんは入ってきた時と同じように足音を立てずにドアまで戻り、「失礼します」と一礼して素っ気なくドアを閉めた。

狭い研究室に残された私と先生は、どちらからともなく視線を合わせ、くすりと笑った。悪戯《いたずら》をごまかしおおせた子どもみたいに、私の心はうきうきとしていた。でも先生の心が本当のところどうだったのかはわからない。密《ひそ》やかに笑いあったその次の瞬間には、先生の心はもう暗雲に侵されはじめていたのかもしれない。

そのことがあってから、先生は国語科研究室に私をあまり呼びつけなくなったのだ。授業中にも私と目を合わせることがなくなっていった。先生は私を疎ましく思うよう

になったのだろうか。私がまだ子どもだから、生徒だから。そうだとしたら先生ほど臆病《おくびょう》な人間はいない。何を恐れる必要があるのだろう。私が怖いのはただ、終わってしまうことだけなのに。

「大丈夫よ、中谷さんはたとえ勘づいたとしても何も言わないから」

私にはその確信があった。だから安心させるように、その確信を先生の唇に押し当てて伝えた。私たちの間にわずかにかかった靄《もや》を払うみたいに優しく。煙草を避けてうまく先生にキスすることにももう慣れた。先生は、

「火傷《やけど》するよ」

と言って、煙草をジュースの缶にねじこんだ。それからはもう私たちは会話を交わさなかったし、先生も煙草を吸わなかった。だいぶ部屋が暗くなってから、先生はベッドから腕を伸ばしてスタンドを点けた。新しいスタンドは思いがけないほどまぶしい光を灯《とも》し、私たちはくすくすと笑いあった。二人だけでいる時は、私たちはよく笑う。学校で真面目《まじめ》な顔をして、「おはようございます」なんて挨拶《あいさつ》をしているのが信じられないぐらい。

先生はボーナスで買ったという中古車で、私を鎌倉駅まで送ってくれた。南太田から鎌倉までは、なんの変哲もない道が続く。海沿いの道を走ったりもしない。それで

も私は幸せな気分になる。そのままずっと揺れに身をまかせていたくなる。とても静かなお祭りみたいに、いつまでも終わってほしくないような、寂しくて満ち足りた気分。夜の道を先生の運転する車で走るのが、私はとても好きだ。

クラス中の子が椅子から立ち上がる音で我に返った。私も慌てて立ち上がり、教室を去っていく教師に礼をする。ようやく一日の授業が終わって、それでもまだ一週間は始まったばかりだ。今日は塾がある日だから、あとしばらくは家にも帰れない。中谷さんは五時間目の授業が終わったころに教室に戻ってきて、そのまま帰りのホームルームにも出ずに鞄を手に帰ってしまった。なゆちゃんがいないと、学校がまるでつまらない。掃除が終わった後に職員室の前を二、三回、用もないのに歩いてみたが、先生の姿も見つからなかった。

今日はお茶の水まで行く日だ。諦《あきら》めて駅まで歩き、電車に乗った。石川町から東京のお茶の水までは一時間ほどで行ける。私は週に二回、お茶の水にある塾に通っていた。その他にも、横浜駅の西口にある塾にも週二回通っている。中谷さんは夏期講習にすら参加していなかったし、なゆちゃんもいくら誘っても言葉を濁すだけで塾に行こうとはしない。それでも、彼女たちは週四日も塾に通っている私よりも良い成績を保っているだろう。成績なんて聞いたことはないけれど、そういうことってなんとなくわかるものだ。

なんだか馬鹿らしいと思う。電車から見える夕方の空を眺めながら、私はため息をついた。私が悩むことなんて、先生のことと成績のことと肌のことぐらいしかない。ニキビなんてどんなに顔を洗ったって野菜を食べたって、できるときはできるのだし、たとえ肌が最高の状態でつるつるしていたって、元からの顔の造りがすでに、なゆちゃんや中谷さんとは比べるべくもないほど平凡だ。どれだけ勉強したって、塾に行っていない二人よりも成績が悪い。先生のことはいくら思ったって、ただ私が好きなだけ。先生が私を好きでいてくれれば嬉《うれ》しいけれど、本当のところはわからない。

結局私は、悩んだってしかたのないようなことしか悩む対象がないのだ。悩むことすらむなしいなんて、もしかしたら世界で一番不幸かもしれない。世界で最も役に立たない生き物なのは確かだ。

九月の始業式の数日後、私は屋上に上った。一人になりたい、とつぶやいたのは自分への言い訳で、本当は国語科研究室の様子を屋上から覗き見しようと思ったからだ。夏休みが終わって学校が始まったのに、先生は私に声をかけてくれなかった。あんまり声をかけてくれないと、私は呼吸がうまくできなくなってしまう。このまま先生と少しずつ離れていかなければならないのなら、もうすぐにでも屋上から飛び下りてしまおうと決意した。でもいきなり実行に移すには早い。もう少し待てば先生も暇になって、また私に声をかけてくれるだろう。とりあえず国語科研究室が見える場所に行きたかった。

新校舎の屋上に上ったのは初めてだった。立入禁止だし、誰もいないだろうと思って屋上に通じるドアを開けたら、中谷さんとなゆちゃんがいた。フェンスにもたれかかって屋上に座りこんでいた二人は、タイミングを計ったみたいに同時に私のほうに顔を向けた。なゆちゃんが笑って手招きした。

「珍しいね、屋上に来るなんて」

職員室から見えないように、こそこそと身をかがめて二人に近寄る。

「なにしてるの？　こんなところで」

「いい天気だし、帰る前にここで一休み」

始業式に会った時からなんだか元気がなかった気がするなゆちゃんも、秋晴れの下、その時ばかりは機嫌良く笑っていた。私は二人から離れ、ほとんど四つん這《ば》いになって中庭側に近づいた。フェンスからそっと顔を出す。左手に桜の梢《こずえ》が見える。あの桜の脇、そう、あの窓が国語科研究室の前の廊下だ。先生はいるだろうか。私は目を凝《こ》らす。研究室のドアは閉まっていた。ドアにはまっている小さなガラスを見透かすことも、さすがにその位置からは無理だった。屋上から室内が覗けるわけもなかった。たとえ研究室のドアが開いていても、角度からいって出入り口付近の床が辛《かろ》うじて見えるぐらいだろう。冷静になってみれば、屋上から室内が覗けるわけもなかった。

もう本当にこのまま中庭めがけて飛び下りてしまおうかとも思ったが、私はまたすごすごと二人のもとに戻った。

「何かいいものは見えた？」

私の行動を観察していたらしい中谷さんが、感情をうかがわせない声音で言った。先生が、中谷さんを気にしていたことを思い出す。私は急いで首を振り、でもどうしても我慢しきれずに、自分が世界一の役立たずに思える、と嘆息してみせた。なゆちゃんは、「どうしたの、急に」と笑い、中谷さんは真面目な表情のまま、

「そうだとしても、同点同順位であなたの他にも五千万人ぐらいは世界一の役立たずがいるから大丈夫よ」

と言った。

中谷さんの言葉を思い返すうちに馬鹿馬鹿《ばかばか》しい気持ちが頂点に達し、東京駅で東海道線から降りたときには、今日はもう塾に行くのはやめようと心が決まっていた。母

親のふりをして連絡を入れるのも面倒くさい。塾から家に欠席の確認の電話がいったら、今日は学校で修学旅行委員の打ち合わせがあったと言おう。

私は人でごったがえす連絡口に出て、そのまま新幹線乗り場よりもまだ遠く、京葉線のホームを目指した。休日は家族連れで満ちるのであろうホームも、平日の夕方と夜の境目の時間には人もまばらだ。私は長い時間をかけて東京駅の広大な構内を歩き、どんどんどんどん地下に潜《もぐ》っていく。気圧が変わるのではないかと思えるほど、エスカレーターで深く潜っていく。あたりにあるのは、穴蔵のように閉鎖された空間と、そこを無理やり照らし出す人工照明だけだ。

誰も乗せずに地下に導いていく動く歩道のかたわらを自分の足で歩き、最後のエスカレーターに踏み出す。そのまま運ばれていけば、東京の真ん中にある深い深い穴に下りていくことができる。私はこれまでにも何度か、塾に行くふりをしてここに来た。この電車は千葉から来て千葉に帰る。私はいつも、京葉線のホームの一番後ろにたたずんでみる。

その先には何もない。真っ暗な闇《やみ》がどれぐらい続くのか、ホームの光も届かない。ホームの最後部に設置されたステンレスの柵《さく》に、そっと手をかけてみる。触れるたびに柵は砂粒みたいな埃《ほこり》の感触を掌《てのひら》に伝える。ゴーッと、東京の地下じゅうの風が吹き溜《だ》まったような不吉な音がする。手を結びあうようにつながったどこかの穴蔵の作用なのか、突然生温かい風が闇の向こうから吹き寄せてきたりもする。私はそれを飽かず見、感じていた。

そのあいだに何本も、千葉からの電車がホームにすべりこむ。そしてまた、千葉に向けて出発していく。でも、それらはすべて私の背後で行われていることだ。私の前にある真っ暗な闇。そこからはついにどんな電車も現れない。線路は確かに、ホームを通り越し、千葉とは反対方向、この暗闇の中を指してのびているというのに。

すぐ足もとに目を落とすと、茶色く乾いた土がある。一回も雨に濡《ぬ》れたことのない、地面の深いところに切り開かれた土。明かりも届かないもっと奥には、地上から染《し》みこんできた水に濡れた土もあるのだろうか。黒く湿った土。それとも、吹き出してこようと身をよじる赤いマグマに濡れた熱い土があるのかもしれない。

また風が吹き寄せて、私は期待して視線を上げた。でもやはり、しばらく待っても暗闇の中から電車は現れなかった。今、あの真っ暗な中からホームにすべりこむ電車があったなら、私はきっと先生を誘ってそれに乗る。そして私たちは千葉に行くのだ。死に絶えて水槽に浮かぶ葛西《かさい》臨海公園の魚を見、着ぐるみの抜け殻だけが転がる誰もいないディズニーランドに行く。その先はどこに続いているのだろう。わからないけれどきっと海だろう。千葉には九十九里浜というのがあったと思う。暗闇から来た京葉線は、きっとそこに辿《たど》りつく。私たちは一緒に貝殻を拾って遊ぶ。先生がもういやだと言ったって、東京に帰る電車はない。先生はこんなところに連れてきた私を恨んで、私の首を絞めるかもしれない。それでもべつに構わない。もう先生は帰れないんだから、私を殺したら私の死体と一緒に九十九里浜で貝を拾うしかないのだ。それぐらいなら、二人で仲良く貝を拾ったほうがまだましだと先生だって思うはずだ。

ああ、東京駅のこのホームが京葉線の一方の端《はし》っこなのに、どうしてまだその先に線路はのびているのだろう。私と先生を九十九里浜まで連れていってくれる電車は、いつになったらあの線路の先から姿を現すのだろう。このホームにはほとんど駅員がいないから、今ならさっさと線路に下りて、暗闇のほうに歩いていける。線路をたどっていけば迷うこともない。行ってみようか。待ちきれなくなったら、行って見てきてもいい。だって誘うみたいに、生ぬるい風はいつも私に向かって吐き出されている。


翌日もやはりなゆちゃんは学校に来なかった。担任の英語教師に聞いても、

「それがねえ。電話をしても、具合が悪いと言うばかりなのよ。坊家さん、五十嵐さんと親しいでしょ？　何か聞いていていない？」

と逆に尋ねられる始末だった。心配になって携帯電話にかけても、ここ数日は電源を切っているのかつながらない。家の電話も鳴り響くばかりで誰も出ない。なゆちゃんのお父さんはどうしたんだろう。仕事が忙しい人みたいだから、出張にでも行ってしまったのかもしれない。娘がもう何日も学校に行っていないことを、もしかしたら知らないのかもしれないなと思った。

中谷さんと違ってなゆちゃんには友人がいるから、クラスの子たちも心配そうに空いた机をちらちらと見る。みんなで、なゆちゃんはどうしたんだろうと噂《うわさ》しあった。誰かが、まさか入院しているなどということないだろうか、と言い出し、私はぎくりとした。確かに、最後になゆちゃんに会った日、彼女は何を話しかけてもどこか上の空で、青ざめた顔をしていた。ただ、目だけが澄み渡って、過去も未来もすべてを見通してしまいそうなほどだったことが思い出される。

不安になって、中谷さんになゆちゃんの様子を聞いてみた。

「外に出たくない時もあるわよ」

と、中谷さんは穏やかに言った。その、いつもと変わらぬ余裕のある態度にちょっと憤《いきどお》った私が、

「心配じゃないの？」

と詰め寄ると、中谷さんは口元を歪《ゆが》めた。私を嗤《わら》ったのだ、と気づくまでに少しかかった。

「那由多《なゆた》は家に監禁されているわけじゃないでしょう。彼女が今は学校に来たくないと思っていて、それに対して私に何ができるって言うの」

中谷さんは冷たい。その言葉だけがぐるぐると身の内を駆けめぐった。中谷さんは冷たい。なゆちゃんはたぶん、中谷さんを一番の友だちだと思っているのに。私がどんなになゆちゃんや中谷さんと仲良くなりたいと思ったって、いつもどこかでそれを拒んでいるくせに、あの冷たさはなんなんだろう。

私はほとんど憤激して教室を出た。何人かの視線が驚いたようにこちらに向けられていたけれど、構わずに乱暴に廊下を進んだ。そのまま新校舎の端についている鉄のドアを開け、いつも黴《かび》と埃のにおいがする特別棟に入る。その時ちょうど、午前中最後の授業の始まりを告げる鐘の音が響いた。中庭を挟んで向かいにある修道院の屋根を見ると、鐘楼で緑青《ろくしょう》をふいた鐘が自動的に揺れ動いて時を告げている。私はしばしためらったが、教室に戻る気にはどうしてもならなかった。幼稚舎から聖フランチェスカにいて、授業をさぼるのは初めてのことだ。

木の手すりを掌でなぞるようにしながら、タイル張りの階段をゆっくりと上った。

特別棟は静かだった。ここから一番遠い一階の化学室で、どこかのクラスが実験をしているらしい。時々、笑い声が昼の空気をのんびりと揺らした。水の中にある王国から聞こえる声みたいに、古い建物では物音はゆるやかに屈折して響く。スカートのポケットから携帯電話を取りだして、記憶させてあるなゆちゃんの電話を呼び出してみたが、やはり電波は届かなかった。

階段の踊り場には、キリストを抱いた聖母の大きな油絵がかかっている。微笑《ほほえ》みをたたえたその口元に、先ほどの中谷さんの表情を重ねた。

少し冷静になってみると、中谷さんはべつに何も間違ったことなど言っていないことがわかってくる。それでも、どうしてという思いは拭《ぬぐ》えなかった。私が中谷さんだったら、もっとなゆちゃんを心配する。あんなに仲良くしているのだから、とっくになゆちゃんの家に行って、何があったのか根ほり葉ほり尋ねている。思い当たる節もなく、急に学校に来なくなった友だちがいたら、そうするのが当然ではないか。

明日は塾がない日だ。思い切って放課後、なゆちゃんの家に行ってみよう。中谷さんを誘ってみてもいい。

そう決めるとさっぱりした気分になり、私は再び階段を上りはじめた。中谷さんの薄い唇。思わず、指先で自分の唇を撫《な》でた。桜の枝が指し示すほうに進み、「国語科研究室」という日に灼《や》けたプレートのかかった木のドアの前で立ち止まる。くすんだ金色のノブをそっと回してみる。鍵《かぎ》はかかっていなかった。

狭い室内には、教科書や資料集の詰まった棚と、道路に面した窓に寄せて置かれた古い木の机と、椅子《いす》が数脚しかない。窓のカーテンは閉まったままで、先生の姿はなかった。でも鍵がかかっていなかったのだから、ここで待っていれば、もしかしたらすぐにやってくるかもしれない。この時間に受け持ちのクラスがあるのかどうかまでは、私は把握していなかった。

国語科研究室はほとんど先生一人しか使っていない。他の国語の先生たちは、わざわざ特別棟の古ぼけた部屋まで来ようとしない。たいていは職員室の自分の席か、煙草《たばこ》が吸える教員用の休憩室の机で作業をする。先生はちょっと変わっている。あまり職員室にいたくないみたいだ。学校が嫌いなのだと言っていた。本当は教師になどなりたくなかったのに、就職できなかったから親のコネでこの学校に赴任してきたと苦笑いした。

「俺の母親はこの学校の卒業生なんだよ。母方の祖母もそうなんだ。子どもをこの学校に入れたかったらしいんだけど、男しか生まれなかっただろ？　俺が就職活動に失敗したと知ったとたん、嬉々《きき》として『聖フランチェスカで国語教師をしなさいよ』と言ってきた」

「そういう人ってけっこういるよ」

「そういう人って？」

「親子三代にわたってフランチェスカ卒業生です、とか、そういう人」

先生は顔をしかめる。

「嫌じゃないのか？　女ばっかりで丘の上に閉じこめられて、長いやつだと……何年だ？」

「幼稚舎からだったら十五年」

「十五年！　刑務所だな」

そうかもしれない。ここは変化を憎む牢獄《ろうごく》のようなところだ。座っていれば飢えることもなく、最低限の教育は授《さず》けられる。それなりに毎日、友だちと楽しく暮らすことはできる。たまに感じる息苦しさだけやり過ごせば、何も問題はない。学校ってどこでもそういう所だと思う。

中谷さんやなゆちゃんは、ぬるま湯みたいなこの温度を嫌っているのかもしれない。ぬるま湯によって温められることも冷まされることもない、自分だけの温度をずっと保っている。だから私は彼女たちが気になって仕方ないのかもしれない。

ここが罰としての檻《おり》だとしたら、そこに集う私たちが犯した罪とはなんだろう。

「私はこの学校が嫌じゃないけどな。先生がいるし」

そう言って笑ってみせたとき、先生はどんな表情をしていたのか。よく見えなかった。見たくなかった。先生はいつだってずるい。私は先生にすべてを差し出した。私の心のすべてをさらけ出して先生を求めた。そうしてのばした手を、先生は確かにつかんでくれたと思ったのだけど、本当にそうだったのだろうか。最近になってわからなくなった。

何年も、下手したら何十年も使われてきたらしい古い机に歩み寄る。無人の研究室の、先生の椅子に勝手に座った。木の縁は自然にすり減って、優しい丸みを帯びている。

中学三年生の冬、私は初めてキスをした。国語科研究室に質問に来た私は、机の横の壁に沿って置いてあるあばら骨みたいなスチームに腰かけていた。スチームの中には熱湯が通っていて、この部屋の暖房器具といったらそれだけだ。時折カランカランと音がして、天井からのびた鉄管でつながれているあばら骨の中を、お湯が通っているのが伝わってくる。

私と先生は時々無駄話をしながら、その日の授業について語りあっていた。本当は質問があるというのもきっかけにすぎず、私は先生と二人だけで話したかったのだ。そんな理由を作って国語科研究室を訪れるのは、それが初めてではなかった。

先生はやがて笑いながら、

「国語の授業なんて適当に聞き流しとけばいいんだよ」

と言って、ノートを机の上に放り投げた。ほとんどが雑談で終わっている時間がおかしくなって、私も肩を震わせた。

「先生、少しは先生らしいこと言ってよ」

先生はすっと視線を上げ、スチームに寄りかかるようにして座っている私を見た。

「じゃあ言おうか」

笑いをおさめて、私は先生を見つめていた。心臓が痛くて、自分の頬が赤くなったことがわかる。すぐに顔色に出てしまう自分がひどく子どもっぽいような気がして、私は怒ったように目に力をこめて先生を見据えた。先生はまだからかうような笑みを浮かべている。

「口紅をつけてるだろう……校則違反だよ」

カッとした。怒りなのか羞恥《しゅうち》なのか、落胆なのか歓喜なのかわからない感情の渦が私に襲いかかった。私はほとんど発情した動物みたいになって、「つけてないわよ！」

と掠《かす》れた声で叫び、乱暴に手の甲で唇を擦《こす》った。あんまり強く擦ったからか、乾燥していた粘膜がピリッとした痛みとともに破れ、手の甲にはうっすらと紅の線が刷《は》かれた。

私たちは、手に残ったその血の色を同時に見た。そして目を合わせて、二人でなんとなく笑った。舌を出して唇を舐《な》めてみると、ほのかに鉄の味がした。先生は椅子から立ち上がり、一歩私に近寄ると、身をかがめてキスをした。私よりも体温の低い先生の唇が、とても気持ちよかった。

「授業は」

変なの。初めてキスしたときの先生はそんなこと言わなかったはず、と一瞬ぼんやりしてから、急いで振り返った。プリントを両手に抱えた先生が、苦労して国語科研究室のドアを開けたところだった。私は立ち上がって先生からプリントを受け取り、それを机の上に置いた。先生は内側からドアの鍵をかけ、また私に向き直った。

「授業はどうした」

「さぼった」

「どうして」

「先生に会いたかったから」

正確には、先生に会いたくて授業をさぼったわけではなかったが、先生を前にすると事の発端などどこかに行ってしまい、ただただ「会いたかった」という思いだけがあふれるほどに湧《わ》いてくる。

それなのに先生は、どこか迷惑そうに私のかたわらを通りすぎ、私に背を向けて椅子に座ってしまった。どうしたらいいのかわからなくて、私は先生の背後をうろうろ歩く。先生は苛々《いらいら》と机の引き出しを開け、煙草を取りだした。一本引き抜こうとして、私がいるからなのか、そのまま煙草の箱を机の上に投げ出す。先生のその行為は、体に悪い物を私の前で吸わないようにしようという気遣いだろうか。それとも、校内で煙草の臭《にお》いがついた私に誰かが気づき、その出所まで追及されたりすることのないようにという保身だろうか。私は棚にあった資料集を読むふりをして、先生の様子をうかがっていた。

先生はがたんと音を立てて椅子をずらし、ようやく私のほうを見てくれた。

「あのな」

終わってしまったらどうしよう。どうしたらいいんだろう。終わるくらいなら死んだほうがましだ。先生は思ったことがないのだろうか。このまま終わりたくないなあって、思ったことがないのだろうか。

「授業をさぼってここに来たりはするなって言ってるだろ」

「なんで駄目なの」

「ここでだって、君は生徒で、俺は一応教師なんだから」

「ここでだって、私たち何度もセックスしたじゃない！」

先生は飛び上がるようにして椅子から立つと、私の口を掌《てのひら》で覆《おお》った。

「声が大きいって」

誰もいないわよ。私はふてくされて先生の手の中でもごもごと言った。もう大きな声は出さない、と目で訴えると、先生は恐る恐るといった感じで手をどけた。自分が猛獣にでもなったような気がした。先生には私が、いつだって先生の喉笛《のどぶえ》を狙《ねら》っている手に負えない獣のように見えているのかもしれない。確かに私はいつでも発情している。先生の匂《にお》いを嗅《か》ぎたくて、先生に抱きしめてもらいたくて、いつだってうなり声をあげている。先生はそれに気づかないふりをしている。先生は私の叫びを聞かないようにしている。

「とにかく、俺は職を失いたくないし、おまえも停学になりたくないだろ。下手したら退学だぞ」

「そうしたら九十九里浜に行けばいいのよ」

「なんだそれ」

私はぷいと顔をそむけた。先生は仕方ないなあというように、ぽんぽんと私の頭を撫《な》でた。先生はいやいやながら教師になったと言ったのに、職を失うのも嫌だと今になって言う。なんて子どもじみたわがままだろう。でもやっぱり、それをなじることは私にはできないのだ。先生のことが好きだから、社会のことを何も知らない子どもだとあきれられたくないから、何も言えない。知らないのは先生のほうなのに。私は知っている。自分が何を欲しがっているのか、私はよくわかっている。

「先生は私を子どもだと思ってる」

目の前の先生の喉仏をそっと舐めた。先生の汗の味がした。

「子どもだろ」

私は先生の肩にすがるように手を置いて、顔を伏せる。地味なネクタイを締めて、地味なスーツを着ているこの男。別れを切り出したら私に殺されることになるなんて、想像もしていないだろう平凡な国語教師。私のすべて。私が子どもじゃないことを体で知っているくせに、ありきたりな言葉で逃げ出そうとしている意気地なし。

「私も、先生がこんなに子どもだなんて思ってもいなかった」

せいぜい拗《す》ねたように言ってあげよう。先生を安心させるように。やっぱり女子高生なんてまだまだ子どもだ、と先生が優位に立てるように。私は先生の首に腕を巻きつけて、ますます体を密着させた。額に先生の口づけが落とされる。甘えるように顎《あご》を上げて、唇にキスをねだった。

唇を離した私が思わせぶりにドアの鍵を目で確認すると、先生は笑って私を埃《ほこり》っぽい床に押し倒した。先生は制服を着ている私とセックスするのが好きだ。ワイシャツごしに、先生の胸を爪《つめ》で愛撫《あいぶ》する。私はこの部屋で性急にセックスするのが好き。求められているような気がするから。私たちはとてもお似合いだ。そう思ったら小さな笑い声を抑えることができなくなった。先生の手の動きに合わせ、先生の体の脇《わき》をこするようにして少し脚を開いた。

放課後、鞄《かばん》を持って廊下を歩いていたら高藤《たかとう》さんに呼び止められた。私とはクラスが離れてしまったが、真理ちゃんとは今年も同じクラスだったはずだ。

「修学旅行委員会の集まりをそろそろしないといけないんだけど」

今日は横浜の塾に行く日だ。帰る前に中谷さんに会って、明日なゆちゃんの家に一緒に行くかどうか聞かなければならない。私は気が急《せ》いていたが、委員会の話ならば仕方がないと立ち止まった。

「みんなの予定を聞いてるんだけど、塾がない日は明日だっけ」

「ごめん、明日はもう予定が入ってるんだ。ゆっくりできる日となると、来週の明日になっちゃうけど」

高藤さんは「うーん」と唸《うな》って、持っていた手帳をにらんだ。私は彼女を廊下の隅にあるベンチにうながし、自分も鞄から手帳を取りだした。十一月の初めにある修学旅行までは、もう一カ月をきってしまっている。

「放課後じゃなくてもいいなら、今週の土曜でもいいよ」

「ほんと」

高藤さんはホッとしたように明るい声を上げた。「なるべく早いほうがいいから、じゃあ土曜日でもいい？　ちょうど、バスケ部の芹沢《せりざわ》さんも土曜日に練習で学校に来るって言ってたの」

「べつにかまわないよ。じゃあ、土曜日ね」

私は手帳に「委員会」と書きこんだ。高藤さんが、「あら」と小さく声を上げる。なんだろう、と視線を動かすと、高藤さんは私のスカートの裾《すそ》を見ていた。

「制服、汚れてるよ」

なにげなく覗《のぞ》きこんで、心臓が止まるかと思った。紺色のスカートの襞《ひだ》の陰に、乾いた白い跡がついていた。

「ありゃ、お昼になんかこぼしたかなあ」

高藤さんならたぶんわからないだろう。私は咄嗟《とっさ》にとぼけるとベンチから立ち上がった。

「ちょっとトイレで落としてくる」

高藤さんは、強引に話を切り上げようとする私に少し驚いたようだったが、おとなしく「うん」とうなずいた。そこへちょうど、目の前の教室から真理ちゃんが出てきた。

「ミナエ、探してたのよ。あら、どうかした？」

どうもしない、と言うより早く高藤さんが、

「制服が汚れてるみたいだったから」

と、私のスカートを指してのんびりした声を上げた。これだから無神経な処女は嫌だと思った。真理ちゃんは、「へえ」と言って指された裾のあたりを見た。彼女は数瞬の間を置いてから、他人のスカートの汚れなんてどうでもいいとばかりに目をそらした。

「帰りましょ、ミナエ」

「うん。じゃあ、委員会よろしくね」

「わかった」

私はおざなりに手を振ると、もう誰にも声をかけられないように急いでトイレに行った。

スカートを軽く持ち上げるようにして、水で濡《ぬ》らしたハンカチで叩《たた》いた。布はすぐに水を吸って色を濃くし、付着した精液は取れたみたいだった。こんなことなら、私の粘膜で吸収したほうがまだよかった。スカートの裾をまだ指先でつまんだまま、私は唇を嚙《か》んだ。先生はゴムがないときは、絶対に私の中で射精しない。先生の愛情を感じて嬉《うれ》しくなる時もあれば、今みたいにそれがむなしく感じられる時もある。

今日は場所や状況のせいもあって、お互いちょっと夢中になってしまった。舌打ちしたとき、壁にかかった鏡に中谷さんが映っていることに気がついた。ぎょっとして振り返る。

中谷さんはちらりと私のスカートを見た。私は慌《あわ》ててスカートを下ろし、蛇口をひねって水を止める。

「さっきは悪かったわ」

中谷さんが私に謝ることがあるなんて想像もしていなかったから、私はぽかんとして彼女の顔を眺めていた。中谷さんは気まずそうに続けた。

「私も那由多のことは心配なのよ。それなのにあんなふうに言って……」

「あのね」

私は嬉しくなって、中谷さんの言葉をさえぎるようにして提案した。「私、明日なゆちゃんの家に行ってみようと思うの。中谷さんもよかったら一緒にどう？　行ってみない？」

中谷さんはあっさりとうなずいた。

「そうね。いくらなんでも長く休んでいるもの。様子を見にいくのがいいかもしれない」

よかった。心が軽くなった気がした。私はいそいそと洗面台に置いてあった鞄を手に取った。

「それじゃあ、今日は私、塾があるから」

いつもどおりの微笑を浮かべた中谷さんにそう言って、私はトイレを出ようとした。

「そのスカート」

トイレのドアを半分押し開けた体勢で、私は動きを止める。

「もっとちゃんと乾かさないと、風邪を引くわよ」

ホッと息を吐き、笑顔で振り向いた。

「平気平気。また明日ね」

「さよなら」

中谷さんの薄い唇が、いつもと同じ挨拶《あいさつ》を刻むのを目の端に捉《とら》えながら、私は時間を取り戻すために慌てて廊下を走った。そういえばさっき、真理ちゃんはちっとも私と目を合わせようとしなかった。足もとに一気に血が下がった。勘づかれたのかもしれない。いつのまにか足が止まっていた。私は廊下の真ん中で必死で考えた。いや、あれぐらいの汚れで、咄嗟になんなのかわかることなんてないはずだ。現に高藤さんは何も気づかなかった。真理ちゃんだってべつに変な顔はしていなかったし、大丈夫だ。

私は少し安心して、また歩き出す。だが今度は別の心配が湧きおこってきた。なにか真理ちゃんを怒らせるようなことでもしただろうか。そういえば最近真理ちゃんは、帰りもあまり私を誘わない。でも真理ちゃんが気分屋なのはいつものことだ。クラスが離れてから、私がなゆちゃんや中谷さんとばかり話すのが気に入らないのだろう。明日は中谷さんと、なゆちゃんのお見舞いに行くのだ。真理ちゃんのことはしばらく放っておけばいいやと思った。

塾の入り口で生島君を見かけた。なゆちゃんのことを何か知っているかもしれないと思って目で追っていたが、彼は私には気づかずに友だちと話しながら歩いていってしまった。いつもと変わった素振りもない。なゆちゃんが学校を休んでいることも知らないで、生島君は塾で勉強する。なゆちゃんが生島君とは会っていないと言ったのは、照れ隠しではなく本当のことだったようだ。

終わってしまったら、もう会うこともない。会えないなんて、死んだのと同じだ。それでも生きているなゆちゃんと生島君は、きっと恋をしていたわけではなかったのだろう。

塾が終わり、横須賀《よこすか》線に乗ってようやく鎌倉駅に着いたのは、八時半を過ぎたころだった。家は、駅から十五分ほど歩いた扇《おうぎ》が谷《やつ》にある。繁華街とは線路を隔てて反対側にあたるから、こんな夜は道に人影がまるでない。閑静というよりも寂しい住宅街を抜けて源氏山のほうに折れると、そこはもう山の静けさに満ちている。寒いと言ってもいいような空気を吸いこみながら、切り通しにつながっている寿福寺の前の道を行くと、切り立った山肌に覆い囲まれるようにして点在する古い家々が見えてきた。崖《がけ》を背にしたその中の一つが、生まれたときから私が住んでいる家だ。

背丈ほどもある白木の板門を開け、庭の松の根元に置かれた明かりに照らされた砂利の上を歩く。その音で私の帰りに気がついたのか、廊下に電気が点《つ》いた。格子《こうし》のはまった玄関の引き戸を開けると、エプロンをつけた母が上がり口に立っていた。

「おかえり。そろそろかと思っておみそ汁をあっためだしたところ」

母は私のスケジュールをすべて把握している。何曜日の何時間目はなんの授業かといったことにはじまり、塾の始まる時間と終わる時間、終わったら無理なく乗れるであろう電車の時間。それに乗ったら鎌倉駅にいつ着くか。でもべつに煩《わずら》わしいとも思わない。逆に言えば、その時間内だったら私はなんでも好きなことができるということだから。母は塾に行っていると思っている。私は深い穴蔵に潜っていたりする。友だちと遊ぶ時は、誰とどこで会い、何時頃に帰る予定かをあらかじめ伝えておけば、うるさいことは言われない。真理ちゃんたちと遊ぶと言っておいて先生の家に出かけたって、母にばれることはないのだ。

手を洗ってから、自分の部屋で着替えた。気になってスカートの裾を確かめると、水分はとうに乾いていたけれど、なんだか滲《にじ》んだような小さな跡が残ってしまっていた。少し迷ったすえに、制服を手に食堂に行く。母の好みに合わせてここだけは洋風に改装されていて、暗い廊下から入るといつも目がくらんでしまう。食卓の上には、湯気の立つおかずがいろいろと並んでいた。母は自分が作った料理をないがしろにされることを嫌う。だから、家の人間が何時に帰ってくる予定なのか、ご飯を家で食べるのか食べないのかということを異常に気にするのだ。予定の時間よりも遅く帰ってくると、ものすごく機嫌が悪くなる。

ソファに制服を放り出して、私は席についた。母は先に食べてしまっているから、一緒に食卓につくことはあまりない。忙しく、果物やら漬け物やらを冷蔵庫から出しては食卓に並べる。もうじゅうぶんすぎるほどにおかずは食卓にあふれているけれど、母は満足するまで冷蔵庫から食べ物を出しては並べる。

「お父さんは？」

「今日も遅くなるみたいよ。少子化っていうけど、けっこう赤ん坊って産まれるものよねえ」

坊家医院といったら、鎌倉や逗子《ずし》で知らない人はいないと思う。でもべつに産婦人科だけをやっているわけではない。規模の大きな総合病院だし、しかも父は内科医だ。それでも母は、産まれる予定のある赤ん坊がいるから、自分の夫は帰ってこないのだと考えるらしい。母の思考回路はよくわからないから、私は黙っている。

とても静かだ。私も母もテレビは見ないし、このへんは車も通らない。近所に小さな子どももあまりいないから、夜は生き物が死に絶えたみたいにしんとする。この世に私と母しか残っていなくて、冷蔵庫から後から後から出てくる、ほとんど一日中かけて母が作っている妙に塩からいご飯を食べている、と想像すると、なんだかぞっとする。料理はとても私と母とで食べきれる量ではないのだが、母は別に気にしない。残った物は半分ぐらいは捨ててしまって、また明日になったら新しいおかずを黙々と作りはじめるだろう。

こうして物を食べていると、先生は今なにをしているのかなと思う。何をしていても先生を思い出してしまうことに変わりはないが、私の中では特に食欲と先生は結びついているみたいで、ご飯を食べている時はほとんど先生のことを考えている。

私が箸《はし》を動かしているのを見て、母は満足してくれたらしい。ようやく台所と食卓との往復をやめ、今度はソファに置いておいた制服に目をとめた。少し緊張して、その動きを目で追う。

「それ、クリーニングに出しておいてくれる？　なんか汚れちゃったの」

「始業式が始まってからまだ一ヵ月しかたってないじゃない」

と母は言って、制服を広げた。「どこ？」

「その裾のところ」

母はほんの少し色の変わった部分に目を近づけ、布を擦《こす》りあわせた。

「なにかしら、この汚れ」

そのままにおいを嗅《か》ごうとしたので、私は慌てて立ち上がった。

「あのね、今朝電車の中で、痴漢にあったの。その時は混んでいたし、なによこいつ、って思っただけだったんだけど、昼休みに友だちに『スカート汚れてるよ』って言われて。だからそれ、もしかしたら……」

「あらいやだ、気持ち悪い」

母は顔をしかめ、制服を指先でつまむようにして手早く畳んだ。「そういうことは早く言いなさいよ。大丈夫だったの？」

「うん全然。私は気がついてなかったぐらいだもん」

先生を痴漢にしてしまったことを心の中で謝りながら、私は笑ってみせた。母は畳んだ制服をビニール袋に詰め、「これはもう捨ててしまいなさい。バザーで買った予備をもう一着持っていたでしょう」と言って、袋を勝手口に出した。先生の痕跡《こんせき》のついたものを捨ててしまいたくないと思ったけれど、母に怪しまれたら大変なことになるから黙っていた。勝手口を閉めた母は、台所で何度も手を洗いながら、「そういえば」と言った。

「お米屋さんの奥さんも、電車で痴漢にあっている女子高生を見かけたって」

「多いからね」

「でもその子は痴漢防止スプレーみたいなのを吹きかけて、あっというまに捕まえて駅員に突き出したらしいわよ」

「へえ」

「最近は変な人が多いからお宅のお嬢さんも気をつけたほうがいいですよって、教えてくれたの。こんな目にあうんじゃ、あなたも防犯ベルでも持ったほうがいいかもしれない」

母は皿を台所に運び、どんどんと料理をゴミ箱に捨てはじめている。それを見ていたくなくて、私は席を立った。

板張りの廊下が、裸足《はだし》の足に冷たく感じられる。夏の間はあんなに心地よかったのに、少し季節が冬に傾いただけで、この家は急速に冷えこんでいく。古い家だから仕方がない。庭に面している自分の部屋に入り、襖《ふすま》をぴったりと閉ざした。

今日は母とうまく話せた。母との会話は早めに切り上げなければならない。放っておくと母は時々変なことを言い出す。母の話はどこまで本当なのかわからない。近所の猫が最近よく殺されるとか、父がいない夜に限って悪戯《いたずら》電話がかかってきて眠れないとか言う。そのたびに私は、いなくなった猫が本当にいるか、道ばたで気をつけて見てみたり、布団《ふとん》に入ってから耳を澄ませたりする。でも、べつに何も変化はない。

見慣れた猫はみんなのどかに昼寝や散歩をしているし、夜中に電話がかかってくることもない。たぶん、母は何か勘違いをしているのだ。

携帯電話を見たが、先生からの着信はなかった。先生の声が聞きたいと思ったけれど、今日は学校でも先生と過ごせたし、鬱陶《うっとう》しがられたら嫌だからかけないでおく。

明日は英単語の小テストがあるから、少し暗記しておかないといけない。鞄《かばん》から筆箱を取り出し、反古《ほご》の裏にドリルの単語を書いて覚えた。こんなことを何度やっても覚えられるわけもない。ただ、手がなぞるように紙の上に意味もわからない文字を書いていくだけで、頭の中では別のことを考えている。今日は汗をかいたから早くお風《ふ》呂《ろ》に入って寝てしまおう。母をうまくごまかせて良かったが、そういえば中谷さんにも見られたのだ。先生は中谷さんを気にしているみたいだけれど、もしかして中谷さんのことを好きなんだろうか。

鉛筆を置いた。先生が中谷さんを好き？　今まで思いつきもしなかったが、そういう可能性だってゼロではない。中谷さんは綺麗《きれい》だし勉強もできる。先生は中谷さんを好きになったのかもしれない。

そう思ったら涙が出てきた。私はいつもこんなことを考えては、一人で泣いたり笑ったりしている。私は先生を好きになっておかしくなってしまった。こんな私を先生に見せてやりたいと思う。先生の前ではなるべくわがままを言わないように、先生を安心させるように振る舞っている私が、こんなふうに泣きながら単語を覚えていることを知らしめてやりたい。

ふと覗《のぞ》いた布製の筆箱の中に、カッターがないことに気がついた。そういえば、図書館でなゆちゃんに貸したままになっていた。刃《やいば》の入っていない私の筆箱は、机の上でくたりと中身をさらけ出している。先生が中谷さんを好きになったら、私の刃を先生にあげることにしよう。先生が私の中に埋めこんだもの。私のただ一つの真実。私の刃をあなたにあげよう。

先生が中谷さんを好きかもしれないということに気づいてしまって、今日の私はちょっとぎこちない。もともと中谷さんはそんなにおしゃべりをするほうじゃないから、並んで座った横浜線の中でも気詰まりにはならずにすんだ。膝《ひざ》に置いた鞄の上できちんと揃《そろ》えられた中谷さんの指を見ていた。何かの意志の表れのように、中谷さんの指は黒い鞄の上で動かない。節のない長い指をしていたが、指先が少し荒れていた。

なゆちゃんの住むマンションに着いたのは四時を過ぎたころだった。ここに来るのは二度目だけれど、本当に味気のない駅だ。目を引くような店もないし、何よりもまず土地がない。川と線路に挟まれて、大きなマンションが窮屈そうに道を見下ろしている。

どうしてこんなところに駅を作ったのだろう。建物の間からちらちらと見える土手の緑を眺めながら思った。川向こうにある工場群の灰色の壁。ここにはどこにも行く場所がない。なゆちゃんは東京駅にあるあの深い穴を知っているだろうか。そこからさらに、皇居のほうに向かってのびる暗い横穴の存在を知っているだろうか。いつかその穴から九十九里浜に行くための電車がやってきて、東京駅の地下ホームにすべりこむ。そのことをなゆちゃんに教えてあげたいと思った。

インターホン越しに聞くなゆちゃんの声は、薄いセロファンを通したみたいに無機質で滑稽《こっけい》だった。

「わざわざ来てくれたのにごめんね」

となゆちゃんの声は言った。ドアの向こうにいるのは本当になゆちゃんなのだろうか。なゆちゃんのお母さんだったとしても私にはわからない、と考えて、そうだなゆちゃんのお母さんは亡《な》くなったのだと思い出した。ドアの向こうにベスが白い尾を振って立っているところを想像してしまった。

「もうずいぶん良くなったんだけど、ずっと寝ててすごい格好だから出られないの」

ごめんね、とまたなゆちゃんは言った。なゆちゃんはいつでも洋服にはすごく気を使っていたし、そういう気持ちもなんとなく理解はできたが、でも不自然だと思った。ドアの向こうの白い犬がどろどろと溶けて、私の脳裏にあるなゆちゃんの姿になった。そのなゆちゃんの唇は乾ききって、時々覗く舌は乾燥いちじくみたいにぽつぽつと干からびていた。なゆちゃんの声にはそれぐらい水気が感じられない。

「風邪だったの？　いつごろ学校に来られそう？」

私はインターホンに向かって一生懸命語りかけた。声が妙に明るくうわずっている。背後に立った中谷さんは黙ったままだ。私は何《なに》としゃべっているのだろう。

「来週にはたぶん大丈夫だよ」

百年後には宇宙旅行もできるだろうね、と言うのと同じぐらい、他人事《ひとごと》みたいになゆちゃんは言った。救いを求めるように中谷さんを見たが、彼女は何も言わず、鞄をぶら下げて立っているだけだった。

「あのね、中谷さんも来てるんだよ」

「翠《すい》が？」

なゆちゃんはしばらく黙った。間《ま》を持たせることができず、私は体を脇《わき》にどけるようにして中谷さんをインターホンの前に促した。なゆちゃんはそれが見えていたみたいに、中谷さんの名前を呼んだ。

「翠」

「お父さんはどうしているの？」

中谷さんは、今日も一緒に昼ご飯を食べた人に対するようにさりげなく、インターホンに話しかけた。

「出張中」

「買い物は？　なにか必要な物があれば買ってきてドアの前に置いておくけど」

「平気。配達を頼んでもらってるから」

「そう。じゃあお見舞いにケーキを買ってきたから、よかったら食べて」

中谷さんの言葉に慌《あわ》てて、私は持っていたビニール袋をドアの取っ手にかけた。ここに来る前に中谷さんと、横浜の地下街で買ったものだ。

「どうもありがとう」

なゆちゃんの声は、最初よりも少しなめらかになっていた。中谷さんはもう外廊下をエレベーターに向かって歩きだしている。私はインターホンに、

「お大事にね、なゆちゃん」

と挨拶《あいさつ》して、急いで後を追った。数歩行った所で、足音を聞いていたらしいなゆち

ゃんの声に呼び止められる。

「待って」

体をひねるようにして、「なあに?」とインターホンへ答えた。

「あなたに借りていたカッター、なくしちゃったの。今度新しいのを買って返すから。ごめんね」

なゆちゃんは謝ってばかりだ。私はなんだか悲しくなって、

「いいよう、そんなの。気にしないで」

と言った。

また中谷さんと何も話さずに切符を買い、電車に乗った。並行して走る細い二本の光る道。この鉄路がどこかに続くと信じて私は電車に乗るけれど、本当はそんな保証はどこにもないのだ。幻想の海岸に運んでくれる電車は、鉄も溶けるほどの暗黒の中からやってくるのだもの。

途切れた線路のその先へ行く方法を、私は知らない。同じように、仕組みのよくわからない機械によって私のもとへもたらされた声とのやりとりは、私を混乱させたただけだった。なゆちゃんはいったいどうしたというのだろう。中谷さんには、なゆちゃんに何が起こったのかわかったのだろうか。

マンションを出て駅へ歩き出そうとしたとき、中谷さんはふと背後を振り仰いだ。そしてちょっと手を振って、またすたすたと歩き始めた。私も慌ててマンションを振り返ったけれど、どの窓がなゆちゃんの家なのかわからなかったし、人影もどこにも見あたらなかった。

電車が川沿いを離れトンネルを過ぎたあたりで、私は我慢できずに口を開いた。

「なゆちゃん、大丈夫なのかな」

中谷さんがこちらを向いた。「さあ」と言って目を伏せる。またそれだけで終わらせられるのかとがっかりしたとき、中谷さんの視線が再び私に向けられた。

「大丈夫かどうかはなんとも言えないけれど、きっと学校には来るわよ」

「どうしてそう思うの？」

わずかな希望の光にすがる思いで聞いた私に、中谷さんは少し笑って、

「だって那由多がそう言っていたじゃない」

と答えた。

私には中谷さんが謎《なぞ》だ。もしかしたら私にとって、先生よりも謎の多い存在かもしれない。先生のことで知っていることはいろいろある。煙草《たばこ》の箱を開けるときどんなふうに銀紙をむしるかとか、授業中に言うことを忘れてしまったらどこに視線をさま

よわせるかとか、服を着る順番とか、いろいろだ。でも私は中谷さんの癖なんて知らない。これからもほとんど知ることもなく、高校を卒業して会わなくなってしまうのだろう。

それでも今こうして、同じ電車に乗っている。言葉を交わすこともなくじっと座っている。そんなに気詰まりじゃない。相変わらず私には理解できにくい感情表現をするけれど、なんとなく伝わることはある。私たちは同じようになゆちゃんのことを心配している。そして中谷さんは、昨日のやりとりを覚えていて、少し私に合わせてくれている。

菊名に着いても中谷さんは立ち上がろうとしなかった。横浜までつきあってくれるつもりらしい。私は思いきって、先生とのことを中谷さんに話してみようかと考えた。ちょっとの刺激で恐怖がどろりとあふれてしまいそうで、吐き出してしまいたかった。先生が中谷さんに気をつけるようにと言ったり、もしかしたら中谷さんのことを好きなのかもしれないと思ったり、そんなことがあるたびに私は恐怖で死にそうになる。実際に暴力を受けなくても、私はたぶん恐怖だけで死ねるだろう。

それならば思いきって中谷さんに話してしまえばいい。牽制《けんせい》にもなるだろうし、口の堅そうな中谷さんになら私の好きな人の話ができそうだという、計算高い気持ちもどこかにあった。

「中谷さんは、今好きな人とかいないの」

「……どうして？」

「どうして、って……」

本当にこの人は変わっている。こういう会話って、これまで私のまわりにいた友だちとの間では挨拶みたいなものだったのに。「いるけど秘密！」と明るく言うとか、ごまかすように芸能人の名前を挙げてみたりとか、確かに馬鹿馬鹿《ばかばか》しいけれど、散歩に出た犬が行きあった犬とにおいを嗅《か》ぎあうぐらいの気軽さで流せばいいものを、少しの沈黙の後で「どうして」などと聞き返されると、まるで私が中谷さんを口説こうとしていて、それを中谷さんが警戒しているみたいではないか。話が続かなくて困ってしまった。

電車は大口駅を出る。座ったまま身をよじって背後の窓ガラスから外を見ると、夏に中谷さんが教えてくれた自殺者の多いビルの前を通りすぎるところだった。五時になるともうあたりは薄暗い。ビルの窓には一つも明かりは点《つ》いていなかった。私はまた前に向き直る。中谷さんは先ほどの私の質問など忘れたように平然と座っている。話したくない会話には応じないという、その徹底した潔《いさぎよ》さはすごいと思った。だが、ないがしろにされたように感じられるのも事実だ。

とにかく牽制だけはしておいたほうがいいだろうと判断して、またおずおずと切り出した。

「夏になゆちゃんの家に行った帰り、横浜で先生と会ったでしょう？」

「先生？」

中谷さんは眉《まゆ》を寄せて、記憶をたどるような表情をした。

「会ったじゃない。横浜駅の階段を下りたところで」

「さあ、覚えてないわ」

そこまで私と会話したくないのかとカッとして隣にいる中谷さんを見たが、私の予想に反して、中谷さんは心底困惑したような顔をしていた。まさか本当に覚えていないのだろうか。

「だって……、一緒に帰ったよね？」

私の記憶違いかと不安になってくる。中谷さんはちょっと首をかしげ、

「そうだったかしら。そうだとしても菊名までじゃなかった？」

と言った。どういうことだろう。私は混乱した。たった数ヵ月前のことだ。あれは私の夢だったとでもいうのだろうか。でもあの後、確かに私は先生の部屋に行った。

ではやはり、中谷さんが忘れてしまったということか。こんなに綺麗《きれい》さっぱり、忘れてしまうなんてことがあるだろうか。それともしらばくれて私をからかっているのか。先生とのことも、やはり彼女はすべて知っていて、私をからかって遊んでいるのだろうか。

私たちは横浜駅で電車を降り、私は混乱したまま中谷さんと別れた。鎌倉に帰る横須賀線の中でも、家に着いてご飯を食べているときにも、私は中谷さんの真意がどこにあるのかずっと考えていた。そして風呂場《ふろば》で髪の毛を洗い、シャンプーをシャワーで流しているときに唐突にわかった。

中谷さんは本当に私のことなどどうでもいいのだ。

はっきりした根拠は何もなかったが、その考えは私の胸の中にぽかんと湧《わ》き出た。そして、そうだったのかと笑いたいような気分になり、力が抜けた。縁取るようにじわじわとシャンプーが眼球に流れこんでも、私は目を見開いたままタイル張りの風呂場の床を見ていた。

簡単なことだ。中谷さんはいつも私のことを適当にあしらっていた。何カ月か前に一緒に電車に乗ったことなど、忘れてしまえるほどにどうでもいいことだったのだ。そしてまたもう一つ、天啓のように私の中にひらめくものがあった。

あの自殺者の多いビルの話も、まったくのでっちあげだ。なぜ彼女がそんな嘘《うそ》をつく必要があったのかはわからない。でもきっとあれは作り話だったのだ。だってどうして彼女が大口にあるビルのことを知っていたのかの説明がつかない。大口駅はそこに知りあいが住んでいるとか、そういう理由でもないかぎり降りることもないだろう小さな駅だ。白楽に住んでいる中谷さんが、大口のビルの謂《い》われを知っているわけがない。沿線に住むなゆちゃんに噂《うわさ》を聞いたから？　そのわりには彼女は人に聞いた話のようには語らなかった。それにあんな駅前の、ホームからも通りからも丸見えの場所に精神病院があったというのも、あまり納得のいかないおかしな話だ。

わたしはもぞもぞと手を動かして、シャンプーを落とす作業を再開させた。中谷さんは何を意図して私に無意味な作り話を聞かせたのか。

一つの結論に行きつき、私はため息をついてシャワーを止めた。中谷さんは、でっちあげた話に対して私が「怖いね」などと言うのを、意地悪くほくそえんで聞いていたのだ。単純にだまされて怯《おび》えてみせた私を、鼻で嗤《わら》っていたのだ。ちょっとした意趣返しのつもりだったのだろう。何に対しての意趣返しか。思い当たることは一つしかない。

中谷さんは、なゆちゃんのお母さんの遺影を見た私がどんなことを思ったのか、なんとなく感じ取ったのだ。それで、あんな意地悪な仕返しをした。

私の被害妄想かもしれない。だがそれ以外にどんな解釈があるだろう。中谷さんは、真理ちゃんが去年教室で話していたことを聞いていた。その後、中谷さんやなゆちゃんと仲良くなって、私は中谷さんが公正な人だということをわかっている。噂話に惑わされたりしないし、誰を巻きこむことも誰に巻きこまれることもなく、自分の意志で言動を決める。実は友情に篤《あつ》いところがあるのもなんとなく感じてきた。でも、たぶんだからこそ彼女は、私がなゆちゃんの家で一瞬見せた態度を許せないと思ったのだろう。犬と同じなんて変なの、という気持ちが、私の表情に出ていたとしたら……。

中谷さんはなゆちゃんのことが好きなのかもしれないと思った。

なゆちゃんはその週もとうとう学校に姿を見せないままだった。少しがっかりしたが、本人が言っていたとおりにきっと来週になったら会えるだろうと思うことで気を取り直した。中谷さんとは今までと何も変わることがないように接した。中谷さんの態度にも何も含みは見られない。もしかしたら私の考えすぎなのかもしれないとさえ思えるほどだ。何が真実なのかよくわからなくなった。

国語科研究室のドアは、私たちが最後にセックスした日から、いつ行っても鍵《かぎ》がかかっている。先生は授業中、相変わらず私を見ないし指名しない。記録をつけはじめてから、もうすぐ私以外のすべての人が指されることになる。先生は私を嫌いになったのだろうか。人を好きになる時って突然だけれど、嫌いになる時も突然なのか。私には先生しかサンプルがないから比較もできない。まだ嫌いになったことがないからわからない。誰かに相談することもできない。どうすればいいのかわからない。

幼稚舎からの友だちとしゃべっていても、なんだか胸の内に黒いものがもやもやと溜《た》まって言葉が上滑りしてしまう。なゆちゃんがいてくれたらな、とふと思うけれど、いてくれたらどうだというのだろう。なゆちゃんが一番仲がいいのは中谷さんだ。中谷さんのほとんど唯一《ゆいいつ》の友だちはなゆちゃんだ。二番目に中谷さんと会話したことがあるのは私だろうけれど、中谷さんにとっては私などさっさと記憶から抹消してしまえるほどの存在でしかない。

私が一番求めて、そばにいてほしいと願っているのは先生だ。でも先生は私に離れろと言う。学校ではふつうの先生と生徒のふりをしろと言う。先生の部屋に行くときも、先生と同じ電車に乗ってはいけない。後からこっそりと先生のマンションに行き、誰にも見られないようにするりとドアから入りこまなければいけない。

私は一人だ。土曜日の午後、委員会のあいだじゅう、私はそんなことを思っていた。

誰も私を一番にはしない。先生も、なゆちゃんも中谷さんも。ついでに言えば成績だって容貌《ようぼう》だってそうだ。私はいつも平凡な場所に一人でたたずんでいる。

私は心の底から、それこそすべてを投げ出す思いで先生の一番になりたいと願ってきた。私は自分が持って生まれたすべての能力を先生のために行使した。言葉を、仕草を、演技力を、肉体を、駆け引きを、心を、すべてを使って先生を求めた。

そして私は知ったのだ。結局のところ、本当に誰かの心を得られるのは一部の人間だけなのだ、と。私には友だちがたくさんいる。笑いあっておしゃべりしたり、休日に楽しく買い物したりする相手は、中谷さんやなゆちゃんよりもたくさんいるだろう。塾に行けば男の子とも気軽に話して仲良くなれる。でもそれが一体なんだというのだろう。やはり私は、平凡な、大勢の中で生ぬるい温度にたゆたう名前もない一人にすぎない。まわりの人と肌も溶けあうぐらいに密着して、同じ温度になっていくことに安堵《あんど》を覚えているだけにすぎない。心地よさに目を閉じた人々は、誰も私を求めない。その中に先生を見つけて声の限りに名前を呼んだけれど、先生に私の叫びは届かない。すぐにまわりに吸収されて、同じ温度になってしまう。先生のいる場所まで私の熱は届かない。私は壊れた電熱器みたいに、熱を発することもできずにほんのりと色づくだけだ。

誰が私の名前を呼ぶだろう。そんな人は誰もいない。

各クラスから二人ずつ選出された修学旅行委員が机を囲んでいる。しおりをどうするか、バスの座席の決め方について、班はクラスを越えて自由に作ってもいいことにするか。そんなことを議題に乗せる。どうだっていい。しおりなんてガイドブックを適当に写したものをコピーしてホッチキスでとめて配ればいいし、バスも座りたいところに座ればいいし、班だって気の合う人と適当に作って、あぶれた人はあぶれた人同士で班になればいい。そう言いたいけれど、そうしたら委員会は五分で終わってしまうから私は黙って我慢している。高藤さんと真理ちゃんが中心になって話を進めていく。中庭には誰もいない。土曜日の学校は静まり返っている。先生は今日は出勤しているだろうか。国語科研究室に行きたい。昼に登校したときに一度覗《のぞ》いてみたけれど、もう一度先生がいないか確かめたい。

ようやく大まかなことが決まり、あとは問題点をクラスに持ち帰ってみんなで検討しようということになった。私はクラスへの報告のために、手帳に細々としたことを書きつける。筆箱の中にカッターはない。少なくともなゆちゃんは、私のことを忘れていなかった。カッターをなくしてしまったから買って返すと言ってくれた。なくした？　なくしたって、どうして？　なゆちゃんまで私の持ち物をないがしろにしたのかしら、と被害妄想ばかりが膨らんでいく。

なんだかすごくさびしい気分になって、何気なく廊下に面した窓に視線を泳がせた。そしてそのままその場所に私の目は釘《くぎ》づけられる。先生だ。先生が手持ちぶさたそうに廊下に立っている。先生は私が気がついたことを察すると、教室のドアを開けた。帰り支度をしていた委員の視線がドアに集まる。先生はまっすぐに私のほうを見る。

「このあいだ言っていたプリントのことで話があるんだ。後でちょっといいか？」

「はい」

鼓動がうるさいほどに耳に響いた。嬉《うれ》しくて頬がゆるむのをなんとかおさえこむ。

「研究室に行けばいいですか？」

「いや。職員室のほうにいるから」

先生は素っ気なく言って、他の子たちに「ご苦労様」と声をかけて歩いていってしまった。私の体の芯《しん》がすっと冷えた。室内にまた会話が戻る。筆記用具ぐらいしか入っていない鞄《かばん》を提げて、私たちは下足室に向かう。私はその前でみんなと別れて、中庭に出た。中庭を突っ切って旧校舎の職員室を目指す。桜の木の下を通りながら、こみ上げる嫌な予感にすくむ足をなんとか励ました。

人の少ない職員室で、先生の姿は入り口のところからすぐに見えた。自分の席に座り、灰色の事務用机の上で頬杖《ほおづえ》をついている。私はしずしずと職員室に足を踏み入れた。座っている先生の横に立つ。見慣れたつむじ。先生は私を見上げて、「出ようか」と言った。机に立ててあったファイルのうちの一つを手に持って、先生は歩き出す。私は黙って後に従った。このまま先生が墓地にでも歩いていってくれればいいのにと思う。

二人だけの葬列の行きつく先は、マリア像のある玄関ロビーだった。いくつかあるソファの中の、一番端《はし》の物を選んで先生は腰を下ろした。私もぎこちなく距離を取って座る。先生は持っていた青いファイルを開いた。

「手短に言うぞ。こんなものが昨日、俺の家に送られてきた」

ファイルの中には雑多なプリント類とともに、真っ白い封筒が挟まっていた。先生の名前と住所が鉛筆で大きく書かれており、切手も貼《は》られている。ただ、そこにある文字は定規を当てて書いたものらしく、邪悪さを感じるほどに直線のみで構成されていた。

私は躊躇《ちゅうちょ》を覚えつつも封筒を取り上げた。消印は「横浜中央」となっている。日付は中谷さんと、なゆちゃんの家に行った日だ。封筒をひっくり返す。差出人の名前はもちろんなかった。のりづけしてある部分を見て、私はその封筒が聖フランチェスカ特製のレターセットだと気がついた。購買部で売られているそれには、封筒と便箋《びんせん》に校章の透かしが入っている。

見たくはなかったが、はさみの切り口から指を入れて中の便箋を取りだした。きっちりと畳まれている便箋をやっとの思いで開く。

インランナ　オシエゴヲダクノハ　タノシイカ

掌《てのひら》に汗がにじみ出た。これはなに。どうして、だれが。便箋を持っている指先がぶるぶると震えた。だれがこんなことを。終わってしまう。いやだ。終わりたくない。でも先生は終わろうとしている。こんな名乗りもしない誰かが送りつけてきた悪意のせいで。いやだ、そんなのはいやだ。

吐き気がこみあげ、耐えられなくなって先生が開いていたファイルの上に叩《たた》きつけるように便箋を戻した。肩を上下させて荒く息をつく。霞《かす》む目で玄関ロビーを見渡した。誰かが私たちの様子をじっと見ているような気がする。はっきりした視線を感じて首を巡らせた先には、白く巨大なマリア像が立っていた。

「落ち着けよ」

先生は声をひそめ、なだめるように言った。「誰かはわからないが、俺たちが会っていることに気がついた人間がこの学校にいるんだ」

聞きたくない。喘《あえ》ぐように空気を吸いこんだ。どうして終わらせようなんて考えることができるの。先生は私のことを好きなのではなかったの。好きで私を抱いたのではなかったの。なぜ私から手を離すの。どうして。どうして。

壊れたみたいに言葉があふれた。声になった言葉は一つもなかった。ただ獣みたいなうなり声が気管から押し出されてくる。先生はたじろいだみたいだったが話を続けた。

「だから、な、わかるだろ。しばらく会わないようにしよう」

わかるわけない。そんなことわかるわけがない。叫んでつかみかかってやろうとしたけれど、私の体はまるで言うことをきかなかった。座っているのに膝《ひざ》ががくがくと揺れた。体中が震える。嫌な汗がどっと吹き出した。止めることができない。歯の根が合わない。私は自分を抱きしめるようにしてただただ震えた。

「ずっとっていうわけじゃない。誰がこんなことをしたか突き止めたら対処のしようもあるし、君が卒業したら何も気にする必要はなくなるんだ」

馬鹿《ばか》なことを。そんな言葉を信じる女がどこにいる。それならどうして私を抱いた。

卒業するまでそしらぬふりで教師と生徒を続けられるのなら、そうしておけばよかったのだ。そうはできなかったから私たちは抱きあったんじゃなかったの。涙があふれた。隣に座っていながら、私に指一本も触れない先生をなじりたかった。

私は歯を食いしばって低く嗚咽《おえつ》を漏らした。どうせ告発するのなら、こんな卑怯《ひきょう》な真似《まね》をせずに全校生徒の目の前で、朝礼で名指しでもすればいいのに。そうしたら私はそいつに堂々と言うだろう。毎日真面目《まじめ》に学校に通って、真剣に人を好きになりました。それのどこがおかしいの？

それなのに先生は会わないようにしようと言う。会えないなんて死ぬのと同じだ。先生は私を殺すつもりなのだ。言い訳を作って逃げ道を確保して、曖昧《あいまい》なままに私を殺そうとしている。私を殺そうとしていることに気づこうともしないで、そうやって何度も何度も私を殺す。無自覚に刃《やいば》を振るって私の心臓を狙《ねら》う。終わるのは死ぬのと同じだ。私は死んでしまう。だって私の持っているすべては、もう先生にあげてしまってあるのだ。

だれが。だれがこんなことをしたのだろう。だれが私からすべてを奪おうとしているのだろう。なんの目的があって。

ハッと顔を上げてマリア像を見た。微笑を浮かべた薄い唇が網膜に映し出された。

まさか、中谷さんが？　でもなんのために。私に対する嫌がらせ？　それとも中谷さんは先生のことが好きなの？

そんなはずはない。中谷さんはそんなことはしない。たとえ私と先生とのことを知っていたとしても、定規で脅迫文を書いたりはしない。たぶん、しない。それにこの日付。私たちは一緒になゆちゃんの家に行ったが、中谷さんは途中でポストに寄ったりはしなかった。手紙など投函《とうかん》しなかった。

そう思って、膝の上に残された封筒をまじまじと見る。消印の時間は薄れかかっているが、「12・18」となっている。十八時。私たちが横浜に着いたのは五時半ぐらいだったはず。ほら、白楽駅でポストに投函したって、そこから回収されて六時までの間に消印が押されることなんてありえない。中谷さんじゃない。

でも、連絡口から東横線の構内に入ったふりをして、もしかしたらすぐに改札から出たのかもしれない。そのまま急いで横浜駅のポストに手紙を入れる。それとも横浜中央郵便局に直接行った？

ちがう、ちがう。中谷さんは私が誰と何をしようとべつにどうだっていいだろう。中谷さんのはずはない。もう何がなんだかわからない。誰かが正面玄関から入ってくる気配がする。先生が私の膝から封筒をつまみ上げ、慌《あわ》てて立ち上がった。

「いい？　わかったね。少しの間だから」

早口に言って先生は職員室のほうに去っていく。私を振り返りもしない。凍りついた私の心を、その背中にねじこんでやれたら。でも、私にはできない。先生はずっというわけじゃないと言った。その言葉に縋《すが》るしかない。なんて惨《みじ》めで馬鹿げているんだろう。先生が埋めこんだはずの、私の中の刃《やいば》は錆《さ》びついて跡形もなく血液の中に溶けてしまった。支える物がなくなった私の体はぐずぐずに崩れていく。

そうだ、私の刃はなゆちゃんに貸してしまったのだ。

中庭を戻り、革靴に履き替えて学校を出た。自分がしっかりとした足取りで歩いていることに驚く。もう私はとっくに死んで、ここにいるのは幽霊になった私なのかもしれない。今日は鞄が軽くてよかった。母に言っておいた時間に家に帰れないが仕方がない。

私は東海道線に乗り東京駅を目指す。

深い穴はいつもどおり優しく私を迎える。地下ホームには人影がない。最後部の柵《さく》に片手をかける。暗い風が私のほうに吹き寄せる。誘うように懐《なつ》かしいにおいをはらんで吹き寄せる。九十九里浜行きの電車はもうすぐだ。

鞄を持つ手に力をこめた。並行して走る細い二本の光る道。それはゆるやかにうねりながら闇の中に消えていく。乾いた土。真っ暗な横穴。その先に何があるのかを私は知らない。ゴーッと遠くで風の渦巻く音がする。線路がきしみを上げている。暗闇から何かが迫ってくる。いつも私が待っていたもの。ホームには誰もいない。

錆びた血が体内を一周すると、一つの考えが私の中に生まれた。先生があの手紙を書いたのだ。自分で書いて投函し、自分で封を開けて困った顔で私のところに持ってくる。なんのために？　私と別れるために。なんて愚かな。もしもそうだとしたら、私はなんのために先生にすべてをあげたのだろう。言葉をつくして、声の続くかぎり先生を好きだと訴えたのはなんだったのだ。私と別れたいのなら、夜中に定規で線を引いたりせずにただ一言、言えばよかったのだ。そうだ。死ねと言ってくれたなら。

鋼鉄の車輪が同じ硬さの鉄路を食《は》む音がする。音はだんだん近づいてくる。闇に散らばる火花が見える。生温かい風が暗い穴から吹きつける。風は私の髪を絡《から》ませスカートの裾《すそ》を踊らせる。もうすぐだ。右手にある鞄をしっかりと持ち直す。

地下を照らす光が迫ってくる。

東京の深い地下を走る幻の電車が、京葉線のホームを目指して走っている。私はもう叫ばずにはいられない。歓喜だか恐怖だかわからない絶叫が私の喉《のど》からほとばしりでる。風の音が高まる。車体の揺れる音、ブレーキ音はもうそこまで来ている。私の叫びはそれにかき消されて誰の耳にも届かない。それでも私の声は続いている。電車の音と混じりあって地下の穴じゅうに響き渡っている。

ついに暗い横穴に光が射《さ》した。もうどんな言葉も声にならない。音楽というには剝《む》き出しのままの叫びだけが止まらない。私は柵から手を離して闇のほうに差しのべる。光は真っ黒な壁をなめるように照らし、乾いた土を照らし、それまでは凍りついていた二本の冷たい道を照らして灼《や》けた鉄に変える。鋭い警笛が二度鳴って、刃《やいば》のように銀色に光る堅固な車体が姿を見せる。

幻想の九十九里浜行きの電車がやってきた。

待っていた。いつも私はここに立って、あなたが来るのを待っていた。電車の最前部につけられたライトのまばゆい光は、あっというまにホームの端《はし》に到達し、そこに立っていた私をも包みこむ。視界が真っ白に灼ける。もう何も見えない。轟音《ごうおん》が耳を覆《おお》う。もう何も聞こえない。まぶたを焦《こ》がし眼球を一瞬のうちに蒸発させる冷たい光だけが地下に満ちる。すべてをなぎ倒す勢いで、地下を照らす光が押し寄せる。

その中で私は溶けていく。体はただ、声を出すだけの筒になる。それでもやはり私の叫びを聞く者は誰もいない。白い光の中で、空洞になった私の眼窩《がんか》がぽかりと二つ黒い穴を開けている。その穴の中からも蛆《うじ》のような白い液体がほとばしりでてくる。私は泣いている。この世のどんな生き物も聞くことのできない周波で泣き声をあげている。光が心臓を射し貫いた。この甘い痛みを私は知っている。脊髄《せきずい》が痺《しび》れて私は崩れ落ちた。

九十九里浜行きの電車はホームにすべりこみ、ドアを開けて私が乗りこむのを待っている。

廃園の花守りは唄《うた》う

こうして、乙女峠で三十六人が殉教したのでした。

昼を食べた後の授業は睡魔との戦いだ。来月に迫った修学旅行の予習と称して、島根県の乙女峠で明治に起こった「悲劇」が語られる。シスターの装束を身につけ、黒板を背にして立つ校長。その頭上の壁には、磔《はりつけ》になったキリストの小さな像がかかっている。この学校のすべての教室にキリストはいる。腰布一枚で身もだえる男に見守られる三十数人の乙女たち。少なく見積もってもその半数が眠気と戦っていると思うのだが、彼女たちはそんなことはおくびにも出さずに整然と椅子《いす》に腰かけ悲劇に耳を傾けるふりをする。

宗教の時間にできることは限られている。聖書を読むことと想像することだ。眠ることは許されない。眠っている者を見つけると、校長は話すのをやめて悲しげな瞳《ひとみ》で彼女を見る。教室は沈黙のうちに凍りつき、たいがいは彼女の隣の席の者が彼女をつついて起こす。起こされた者は割れた流氷の上のはぐれペンギンのような気持ちで立ち上がり、「申し訳ありません」と謝罪する。校長は無言でうなずき手で着席を促すと、また神について話し出すのだ。

長崎県の浦上から連行された信者たちは、道中で何を見たのだろう。季節はいつだったのか。移送手段には必ず船が含まれたはずだが、船酔いはしなかったのか。酔う余裕もないほどに怯《おび》え、緊張していたかもしれない。それまで生まれ育った村から出たこともなかったであろう人々は、その旅を、そこで初めて見る風物を、自分の中でどう受け止めていたのだろう。逆に、見たこともない遠い村からやってきた邪宗の徒を拷問《ごうもん》にかけた人々の気持ちはどうだったのか。死なねばならぬほどの罪があるとも思えない人間を水責めにするとき、彼らの心に一点の苦味もなかったということはあるまい。

想像はなんの役にも立たず、耐えがたい眠気が襲ってきた。せめて文字を読んでいれば気が紛れる。机にのっていた聖書を手に取り、「マタイによる福音書」を開いた。「先生、こんばんは」と言いながらイエスに接吻《せっぷん》した可哀想《かわいそう》なユダは自殺し、「イエスのことなど知らない」と三度も言ったペトロは鶏が鳴くのを聞いて激しく泣いていた。滑稽《こっけい》で哀れで暑苦しい男たちの一夜。

どうしていつも何かを試されるのか。

信じるもののために命を投げ出すことほど貴い行いはありません。校長は、「みなさんはどう思われますか」と言って紙を配った。来週のこの時間までに考えを書いて提出してください。修道院の鐘が鳴り、授業は終わる。那由多《なゆた》の席は空いたままだ。

何も書かずに丸めた紙をゴミ箱に捨て、屋上に行くために教室から出た。それは信じるもののためにだれかの命を奪うことと同じ行いだと思います。貴いことなのかどうかは、わかりません。

夢ですれちがう見知らぬ人たちの顔の中に、いつも兄の姿を探している。正確にいえば、兄が成長した姿を。

まぶたの裏に焼きついている兄は、手足をちぢめ体を丸めて羊水に浮かんでいる。閉ざされた薄い皮膚を通して黒い瞳が動いているのが見える。小さい唇をすぼめ、兄は何かを言っている。でも言葉は聞こえてこない。けっして叫びにはならない静かなつぶやき。

兄の残滓《ざんし》に満たされた子宮でたゆたっていた記憶。もちろんその記憶は幻だ。後づけのイメージにすぎない。それでも夢の中で兄を探す。通りすぎる人々の顔を必死に覗《のぞ》きこんで。彼にどうしても言ってほしくて、ずっと待っている言葉がある。

夜の影は何時間見ていても動かない。店からこぼれる光が歩道を青白く照らしている。街路樹の影は細く頼りない黒い線になって横たわり、長さも角度も変えないままで地面に這《は》っている。

日曜の夜は客が少ない。電車が駅に着くたびに二、三人がふらりと立ち寄ってはまた家路につく。返品の雑誌のコードを機械で読みとり、段ボール二箱に詰め終えた。そろそろ店じまいの用意をしようと思っていると、事務所のドアが開いて碧《へき》がやってきた。

「翠《すい》、電話」

「だれから？」

「ボウヤさん」

珍しいこともある。碧に段ボールを表に出すように指示してから二階に上がった。薄暗い廊下にある受話器を取って「もしもし」と言うと、聞き覚えのないうわずったような声が鼓膜に触れた。

「中谷《なかたに》ミドリさん？」

ミドリではないが、「はい」と言った。

「坊家《ぼうや》淑子《としこ》の母ですが、娘が昨日から家に帰ってこないんです」

今度はなんとも言いようがなくて黙っていた。坊家淑子の母親は、焦《じ》れたように

「もしもし」と言った。この人の声には金属のかけらが混じっているような、ざりざりとした不安定な響きがある。受話器を離し、耳の穴を掌で覆《おお》って気圧を調整してから、また耳に押し当てた。

「聞いています。突然のことで驚いたので」

「じゃああなたの所にも娘は行っていないんですね」

「はい」

と言ったら電話は切れた。動転しているにしてもせっかちな人だ。ずっとつけているブレスレットがしゃらりと鳴った。壁に寄りかかってしばらく考えていると、店のシャッターの閉まる音がして碧が階段を上がってきた。鼻歌を歌っていた碧は、最後の一段を踏み外して慌《あわ》てて床に手をついた。

「なんだよ、こんな暗がりにボーッと立って。びっくりするだろ」

「うん……」

変なやつ、というように横目でこちらを見ながら、碧は台所に入っていった。冷蔵庫を開閉する音がする。さて、楽しいことになってきたね、紺《こん》おにいさん。そうだね、翠。心の中につねにいる兄と勝手な問答をして、壁から身を起こす。那由多は今ごろどうしているだろう。明日は定時に学校に行ってみることにしよう。

上履きに履き替えたとたん、後ろから声をかけられた。

「中谷さん、あなた何か知らない？」

振り返ると、同じ学年の子が三人立っていた。名前は……なんだっただろう。思い出せない。最初から、引き出すべき記憶もなかったのかもしれない。でも顔は知っている。去年、坊家淑子と夕方の教室で「学校の格」についてしゃべっていた子たちだ。

「なんのこと？」

と聞くと、彼女たちはわずかな苛立《いらだ》ちを見せた。

「淑子のお母さんからあなたにも電話があったでしょう」

「どうして私に聞くの」

「最近、仲がよかったじゃない。それに、なゆちゃんもずっと学校に来ていない。何かあったんじゃないの？二人ともあなたの友だちでしょ」

「坊家さんはもう家に帰っていて、今日は学校に来ているかもしれないわ」

三人は示し合わせたかのように一様に首を振った。

「今朝、電話をしてみたけど、まだ戻っていない。警察に届けを出したそうよ」

てっきり週末だけの家出だろうと思っていたのだが、これは予想外の展開だ。坊家淑子が飛行機の中での食事について語ったときの声を思い出す。たしかにあのとき、彼女の大切な秘密がそっとこちらに差し出されていた。

三人の中で一番華やかな雰囲気を持った子が、

「本当に何も聞いていない？」

と探るように言った。どうも意図が読めず、彼女の目を正面から見返した。

「だから何を？」

黒目のまわりが薄青く見えるほどに眼球は澄んでいる。だが目尻《めじり》から黒い瞳に向けて、一筋の細く赤い血管が浮かんでいた。底にひそむ龍《りゅう》の姿を映したみたいに。彼女は、「聞いていないならいいのよ」と口元に笑みを浮かべた。巣から落ちて草むらの中でうごめいている、羽も生えていない鳥のヒナをじっと見ているようないやな笑みだ。

「中谷さんって冷たいのね」

そう言われたとたんに鞄《かばん》を持つ指の先がスッと冷えた。

たとえどんなに冷たい態度だと取られても、手に余ることにまで首をつっこむつもりはない。それに、彼女たちが基準にしているのは実は冷たさや温かさではなく、人当たりがいいか悪いかという点だ。だがいくら自分にそう言い聞かせても、指先は動揺の温度を漂わせたままだ。

嫌になる。小学生のように直接的な言葉で、無神経に人を非難するこの人たちが。でもそれ以上に、己れの冷たさを恥じているくせに、頑《かたく》なに心を開こうとしない大人げない自分に嫌気が差す。何も言わずに背を向けた。「ちょっと待ってよ」「なゆちゃんが学校に来なくて、淑子もいなくなったらあなた友だちいるの？」という声が背中にかかったが、彼女たちの言葉に傷ついた自分を悟られるのが悔しくて無視した。

「翠はべつに冷たいわけじゃないよ」

明るい声が半地下の下足室に静かに響く。あまりのタイミングの良さに都合のいい幻聴かと思ったが、確かにそこに那由多が立っていた。那由多は気まずげに黙りこんだ三人に屈託なく「おはよう」と言い、下駄箱《げたばこ》を開いて上履きを出した。身をかがめ、すのこに軽く上履きを打ちつけて埃《ほこり》を払う。痩《や》せたな、というのが最初に脳裏をよぎった言葉だった。

「お見舞いありがとう。ケーキおいしかった」

見透かしたように那由多が言う。この人はどうして、望む言葉をいともたやすく紡《つむ》いでくれるのだろう。いつだってそうだ。最初から、那由多だけは特別だった。一目《ひとめ》惚《ぼ》れや運命の相手なんて信じはしないが、この学校の桜の木の下で彼女に初めて会ったとき、悟った。生きているかぎり、那由多にとらわれつづけていく。卒業して、こうして毎日顔をつきあわせることがなくなったとしても、細胞が生きて呼吸をしている間は、彼女の存在はつねにこの心の一番深い部分にあるだろう。

天啓のように訪れた静かな確信は、その後も褪《あ》せることなく持続している。どんなに理性で打ち消そうとしても、この感覚を否定することはついにできないまま終わるだろう。

友情というにはいささか逸脱しているこの思い。でも恋とも少し違う。言葉にすることができない感情は、それでもたしかに胸の内にあって、そのことを考えるといつも少し泣きたくなる。いつだって、誰にも存在を知られることのない何かに魅《ひ》きつけられている。たとえば生まれてくることのなかった兄に。たとえば友だちという言葉で囲まれた、その美しい円からわずかに滲《にじ》み出ている部分の那由多に。

那由多が教室に入ると、ちょっとした歓声と騒動が起こった。「どうしていたの」とか「大丈夫」などと言って寄ってくるクラスメイトたちを、彼女は適度な愛想であしらっている。まだ当分話はできないだろうと踏んで、鞄を置いてすぐに教室を出た。那由多が後をついてくる気配がした。嬉《うれ》しかったけれど、「ずっと休んでいたんだし、授業に出たほうがいいんじゃない」と、たしなめた。

「今だからこそさぼるのよ。具合が悪いとかなんとか、みんな勝手に思ってくれるでしょう」

鐘が鳴り終わった廊下は、細かい塵《ちり》さえもすべて床に舞い降りて動かない。柱の陰に身をひそませて、教室に向かう教師たちをやりすごす。防火扉に寄りかかる那由多の腕には赤い珊瑚《さんご》のついたブレスレットが揺れている。横顔を見せている那由多のなめらかな額のカーブと、少し削《そ》げた頰のラインを眺めた。

いつのまにかブラウスの上に紺色のカーディガンを羽織る季節になっている。屋上に続くいつもの階段を上りかけ、思い直して足をとめた。

「図書館にしようか」

「私はどこでも」

と言って那由多は微笑《ほほえ》んだ。マリア像以外はだれも見ていない玄関ホールを、履き替えた革靴で音を立てないように横切る。ガラスのはまった両開きの扉を開けて外に出た。石に冷やされた校内よりも、ほのかに日が射《さ》している外気のほうが暖かく感じられた。

図書館に向かって道を渡っているとき、那由多が口を開いた。

「淑子になにがあったんだろう」

それはあなたにこそ聞きたい、と思った。どうしたの、那由多。何があったの。大丈夫なの。彼女を取り囲んで口々に尋ねたクラスメイトと同じように、今すぐ問いただしたい。だが聞けるはずもないのだ。こうして静かに凪《な》いで、でもその奥にあふれそうな何かを抱えている那由多の瞳《ひとみ》を見てしまった後では。

「さあ。那由多のところにも電話があった？」

「驚いたわ。家出なんてね」

家出なのだろうか。なにか不満があっての家出ならばいいが、失踪《しっそう》だとしたら？湖畔の木立の中で首を吊《つ》っている少女の幻影が浮かび、急いで振り払った。縊死《いし》も水死も少女の死にざまとしてはふさわしくない。では、手首を切るというのはどうだろう。いや、彼女は一人で手首を切ったりしないはずだ。愛《いと》しい人と血を交じわらせながらやらなければ、手首を切ることに意味はない。

「貯金も全部下ろして、いったいどこに行ったのかしら」

那由多のその言葉で、もてあそんでいた不穏な想像は打ち消された。現金を持って出たのなら、当面死ぬつもりはないのだろう。どうして唐突に、坊家淑子は死を選ぶかもしれないなどと考えたのか。彼女が恋をしていることにうすうす勘づいていたから？　どちらかといえば思いこみの激しい性格だと分析していたから？

殉教。その言葉がふいに浮かんだ。そうか、彼女こそが恋の殉教者にふさわしいと、勝手に役割を振っていたからか。自分自身のために死ぬことすらも難しいとわかっているのに、そんなことをあの人に望んでいたのだ。

坊家淑子など激情と情熱に押し流されて、そのままこの視界の中から消えてしまえばいいのにと思っていた。できるものならやってみるといい、と意地悪な冷たい気持ちで彼女の仕草や視線を眺めていた。あんたがたやすく言葉に匂《にお》わせ、行為に表すその「恋」とやらに殉じるさまを、どうぞ見せて下さいな、と。

自分でもどうしようもないほどの熱風が体の奥から吹き上がる。嫉妬《しっと》している。たやすく、と感じられるほど軽々と、心を言葉で表現し相手と体温を分けあえる坊家淑子に。思いがけないくらいに柔らかい感受性で、経験を言葉に変えて素直に提示してくる坊家淑子に。「あんたなんか」と蔑《さげす》みの罵声《ばせい》を紡ぐ感情とは裏腹に、畏怖《いふ》にも似た感嘆の思いもこみあげてとたんに胸を冷やす。それは私が欲しかったものだ。どこに置き忘れてきたのかも定かでない、すっぽりと欠落している部分だ。どうしてそれをあなたが持っている。気持ちよく生活していくための何もかもを、すでにあなたは手にしているのに。

紺おにいさんが何かを言っている。慰めるように。諫《いさ》めるように。でも聞こえない。

それはただ、羊水を取りこみ吐き出すだけの唇の動きにしかならない。彼はただ、この心の平衡を保つために生み出されただけの番人なのだ。そのことを思い知らされるようで、何かあるとすぐに幻の兄に縋《すが》ろうとする自分を嗤《わら》った。

図書館は空調がきいていて、ほのかに暖かかった。朝から堂々と授業をさぼってきた生徒を見ても、笹塚《ささづか》は眉《まゆ》を少し上げただけで何も言わない。掃除の手を止めて、

「お茶でもどう」と聞いてくる。

「あー、私は紅茶がいいです」

できの悪い和訳のような言い回しで要求した那由多のために、笹塚は茶筒を台に戻し、ティーバッグを出してきた。ポットから湯を入れた三つのカップを閲覧机の上に並べ、釣りをしているみたいに小さな袋を上下させる。デザインのまちまちなカップの中で、湯が茶色く色づいていくのをぼんやりと眺める。

「先生、三つのカップに二つのティーバッグって、ちょっと貧乏くさくない?」

那由多が笑いながらからかうと、笹塚はすまして、

「『質素倹約』よ」

と学校の標語で答えてみせた。そのやりとりに少し笑って、ああ、穏やかだなと思う。窓から見える空には白くて厚い雲がかかりだし、鳥が低く飛んでいる。隣のグラ

ウンドからたまに、笛が鳴っているのが聞こえてくるが、その音すらも丸くぼやけて空気の中を転がっている。

笹塚はレモンシロップを入れたカップを両手で包むようにして持った。その爪《つめ》が丁寧に手入れされ磨かれているのを見ながら、何も入れていない紅茶を飲む。茶葉からしっかりと淹《い》れたもののより、こちらのほうがよほどおいしく感じられた。隣に座っている那由多はミルクを二つ入れ、スティックの砂糖をさらさらと半分ほど注《そそ》いだ。残りの砂糖を「ん」と差し出してくる。べつに甘くしたいとも思わなかったが、せっかくだから受け取って自分のカップに入れた。細かい粒はすぐに溶けて見えなくなる。

「ずいぶん姿を見なかった」

笹塚の言葉はあまりに唐突で、その視線をたどらなければなんのことを言っているのか咄嗟《とっさ》にわからなかった。満足そうにカップを傾けていた那由多が顔を上げた。

「とてもつらかったんです。自分でもわけがわからないぐらい」

少しだけ甘くなった紅茶を口に含み、視線を落とすと奇妙に歪《ゆが》んだ自分の顔がカップの中に映っていた。笹塚が小さく息を吐き出す気配がした。

「たまに自分自身のことが一番わけがわからなくなるものよ」

そう言って諦《あきら》めたように微笑む笹塚を見て、この人もこんな表情をするのか、と思った。小さな図書館の主《ぬし》として、教師としてのしがらみから限りなく遠い位置で毎日をすごす。好きな服を着て、永遠に降りつもり続ける埃を払いながら、ほとんど誰とも会話をかわさない日々。そんな日常は彼女に似合っていたし、自身もそれに深く満足しているようなのに。

「私が休んでいるあいだに、緊急事態が勃発《ぼっぱつ》したみたい」

「坊家さんのことね。あなたたち何か知らない?」

揃《そろ》って首を振るしかなかった。彼女の行き先などまるで見当がつかない。だが、失踪の原因については少し心当たりがある。那由多や笹塚は気がついているのだろうか。

「そう」

と笹塚はため息をついた。「今朝の職員会議でも大騒ぎだったんだけど、どうも私が、坊家さんの姿を最後に見た人間の一人みたいなのよね」

少し引っかかりを覚えた。

「の、一人ってどういう意味ですか?」

「私は見かけただけなの。玄関ホールのソファに座っている坊家さんと平岡先生をね。だから正確に言うと、最後に坊家さんと接触したのは平岡先生、それを通りすがりにちらっと見たのが私、というわけ」

決定打だ。坊家淑子はあの国語教師と何かあって、失踪したのだ。かすかな後悔が水に落とした一滴のインクみたいに淡く広がった。彼女は話したがっていた。それをわかっていて、わざと距離を置いた。自分の中の苛立《いらだ》ちやひがみなど脇《わき》に置いて、彼女が語りかけようとしていたことに少しは耳を傾けるべきだったのに。

「平岡先生は今日、学校に来てますか？」

「もちろん。どうして？」

彼はいまどんな気持ちでいるだろう。ウサギのように臆病《おくびょう》に震えているのだろうか。それとも、満腹した狼《おおかみ》みたいに素知らぬ顔で寝床にこもっているつもりかしら。

「翠、なにか隠してる？」

那由多が覗《のぞ》きこんできた。彼女は人の感情の動きにとても敏感だ。

「なんでもないの。少し思い当たることがあるんだけど、まだ確かじゃないし」

「じゃあ、それを確かめましょうよ」

那由多は力強く言った。「待っていてもしかたがないもの」

「……あなたが何かで苦しんでいるとき、私はただ待っているしかできなかった」

それは間違っていたのだろうか。またゆらゆらと心に浮かんできた紺おにいさんを慌《あわ》ててうち払い、那由多に微笑みかけた。

「それなのに坊家さんのことでは行動するなんて、なんだかおかしいわね」

「馬鹿《ばか》ねえ、翠」

那由多は紅茶を飲み干し、さっさと椅子《いす》から立ち上がった。「淑子と私は違うもの。私は眠り姫なの。百年たったら自分で勝手に起きるから、待っていてくれていいのよ。でも淑子は違う。喉《のど》にりんごを詰まらせて、王子様のキスを待ってる白雪姫だもん。どこの森で仮死状態になってるのか探さなくちゃ」

笹塚は面白そうに笑った。

「それじゃあ中谷さんは何かしら？　まさか、あちこちの城や森で寝たり仮死状態になったりしてるお姫様たちを、忙しく警護する騎士じゃあないでしょうね？」

「まさか。違います」

と言って那由多は肩をすくめた。「翠はね、白鳥に変えられた王子を助け出すために、自分で剣を持って探しに行っちゃうお姫様よ。あれは何の話だったかしら」

さあ、なんだっただろう。でもなんにしても、それは那由多の買いかぶりだ。本当なら魔法にかけられてしまうような鈍くさい王子など放っておいて、さっさと自分の生活に戻りたいと思うような人間なのだから。最前に広がったインクの染《し》みはもうとうに薄まって、心は元通りの明度を取り戻している。だがそんな自分の冷たさをわざわざ那由多に知らしめたくはなかった。冷たさを恥じる気持ちと同じぐらいに、恥じている自分を知られたくないというつまらない意地がある。那由多も乗り気なようだし、真っ暗な森に消えた足跡をたどれる所まではたどっておこう。

「先生、平岡先生の携帯の番号はわかりますか？」

「聞いたことないわねえ」

笹塚はのんびりと頬に手を当てて考えていたが、何か思いついたらしく、「ああ」と席を立って司書室に入っていった。がたがたと棚をあさっている音がする。

「たしか教職員用の緊急連絡簿には、持っている人は携帯の番号も書いていたと思うのよ」

飲み終わった紅茶のカップを持ってカウンターの後ろの司書室を覗くと、笹塚は床に膝《ひざ》をついて、棚にあった本やファイルを片っ端から開いている。那由多と顔を見合わせた。探し出すのに時間がかかりそうだ。

「これじゃあ『緊急』の意味がないじゃない」

那由多がそっと囁《ささや》く。ため息をついてうなずいた。

「見つかったら教えてください」

そう声をかけると、笹塚はこちらに背を向けたままひらひらと手を振った。

図書館を出て、昼に少しだけ近づいた日の中を那由多と歩く。風が吹くとカーディガンだけでは心許《こころもと》ない。もうすぐコートを着る季節になる。乾いて冷たい、でもだれかと一緒に歩くのにはぴったりな季節に。

教室に戻った那由多は、故郷に帰還した英雄のようにクラスメイトや担任や教科の教師の質問と歓迎の言葉に包まれた。彼女は朝と同じくそれらのすべてに丁寧に応対したが、明確な答えがその唇からこぼれることはついになかった。それでも彼女を取り巻く人々は、那由多に聞かずにはいられないようだった。何があったのか、もう大丈夫なのか。決して返らない答えを求めることは、神を求める姿とどこか似ている。それでも質問を繰り出さずにはいられない一途《いちず》さと率直さは、羨《うらや》ましくも忌《い》まわしくもあった。

なんとなくさぼる気にもならず、それからの授業時間はずっと教室でぼんやりしていた。いま屋上に行けばきっと気分よくすごせるとわかっているのに、なぜか教室から出る気にはならなかった。たまに視界の片隅に、斜め前方に座る那由多の背中が入ってくる。彼女は隣の席の子からノートを見せてもらったり、熱心に黒板の文字を書き写したりしている。那由多は戻ってきたのだ。自分がとても安らいでいることに気がついた。

昼休みになってすぐ、笹塚が教室にやってきた。廊下のところでうろうろしているから、「先生」と声をかけて歩み寄る。

「ああ、よかった。新校舎にはめったに来ないから、中谷さんは何組だったかしらってびくびくしちゃった」

笹塚はそう言って笑うと、二つ折りにしたメモ用紙を取りだして、さっと押しつけてきた。

「わかりましたか」

「なお、そのメモ用紙は自動的に……」

スパイ大作戦ごっこをしようとする笹塚を「はいはい」とさえぎり、ちょうどこちらに気づいた那由多をちょいちょいと指先で招いた。那由多はパックの牛乳をストローで飲みながら廊下に出てくる。

「あれ、もう見つかったんですか、連絡簿。今日中には無理かと思ってたのに」

那由多はメモ用紙を覗きこみ、「登録しちゃおっと」と言って、ポケットから出した携帯電話にさっそく番号を打ちこんだ。それを見ていた笹塚がまた何か言いたそうにしたので、

「那由多、そのメモ用紙は丸めて飲みこんでね」

と先手を打った。那由多はちょっときょとんとしていたが、すぐに「やだよ」と言った。

「ちぎってトイレに流すんじゃだめなの？」

「せっかくごっこ遊びをしようと思ってたのに、あなたたち相手じゃつまんない」

笹塚はがっかりした様子で廊下を歩いていってしまった。那由多がその背中に向けて、「先生、ありがとう」と礼を言う。牛乳を飲み終わった彼女は、ちぎったメモと一緒にパックを廊下のゴミ箱に捨て、

「それで？」

と真剣な眼差《まなざ》しで向き直った。「どうするの？」

「とりあえず確認したいのよ。つきあって」

昼休みで学校全体がざわついている。中庭でバレーボールをしている子たちの歓声が響く。修道院の内部を覗こうと背伸びしている中学生たち。窓から身を乗り出して、中庭にいる人間に何か言っている生徒もいる。そんな喧噪《けんそう》のただ中を横切り、旧校舎に入った。旧校舎は相変わらず薄暗くてひんやりしていたが、それでも、弁当の混じりあったにおいと、ひしめいて笑ったり叫んだりしている少女たちの気配が色濃く充満していた。

職員室を覗いたが、平岡の姿はなかった。教職員の休憩室にいるのだろう。死角になる角の手洗い場に那由多をいざなった。ここの窓からなら休憩室の出入り口が見える。質問に来たらしい生徒に呼ばれ、数学の教師がドアから出てきたところだった。

中学生が不審そうにこちらを見ながらトイレに入っていく。その視線を気にしたのか、那由多が声をひそめて聞いた。

「張り込み？」

「そうよ。平岡が出てきたら、彼の携帯を鳴らして。こっちの番号を知られないようにすることはできる？」

「できるわ」

那由多はすぐにボタンを操作した。

「話す必要はないから、平岡が携帯を出したらすぐに切っていいわ。それでわかると思う」

「了解」

右手に携帯電話を持って、那由多は少し緊張した面もちでうなずく。ちょっと笑ってしまった。そんなに真剣になるほどのこともないのだ。

若い男が珍しいこの学校では、平岡は生徒たちに人気がある。思ったとおり、待つほどのこともなく二人の中学生が休憩室の中にいた平岡を呼びだした。ついたての向こうから平岡が入り口に姿を現す。華やかな声を上げて女の子たちが広げたノートを、彼は「なに？」というように少し身をかがめて見ている。

「那由多」

手洗い場に那由多の携帯電話が発する呼び出し音がわずかに響いた。それにかぶさるようにして、窓越しに平岡の携帯電話の音が届く。少女たちは反射的に口をつぐみ、平岡は「ちょっと待って」と手で示して、どこか慌てたようにポケットから携帯電話を取りだした。隣で那由多が息を呑《の》む気配がした。平岡は画面を確認してから、通話ボタンに指を走らせる。那由多は電話を切って、窓に背を向けて大きく肩を上下させた。

「見た？」

と聞くと、「見たわ」と興奮を押し殺すようにして彼女は答えた。

「どういうことなの？　平岡先生の携帯ストラップ、私たちのブレスレットと同じだったわ。淑子がくれた、この……」

自然に視線は、お互いの手首に流れた。赤い珊瑚《さんご》と緑の石が、それぞれの肌の上で揺れていた。

「そういうことよ。坊家さんは平岡にモルジブみやげのストラップをあげ、平岡はそれを自分の携帯につけていたということ」

「翠は知っていたのね」

「偶然見かけたのよ」

ブレスレットと同じ腕につけている時計を確かめる。もうすぐ昼休みも終わりだ。

「詳しいことは帰りがけに話す。那由多は今日はもう授業をさぼらないほうがいいでしょう」

「たまに冷静すぎて腹立たしいわよ、翠」

那由多は少し紅潮した頬をふくらませて言った。そんなこともない。たぶんそうだろうと想像していたことが、どうやら本当だったとわかって少なからず興奮してはいるのだ。ただ、皮膚が特殊なのかあまり顔色に出ないだけだ。さて、これからどうするべきか。頭の片隅では新しい懸念《けねん》が芽吹いている。平岡が不穏な悲鳴を集めて喜ぶような男でないといいのだが。

もう一度休憩室のほうに視線をやったとき、柱の陰に見知った人物を発見した。手にプリントを持って、生徒たちとの会話に戻った平岡をうかがっている。

「あの子、なんていう名前だっけ」

那由多は「どの子?」と窓から頭を覗かせ、

「今朝話してたじゃない」

とあきれたようにこちらを振り返った。

「真理《まり》ちゃんだよ。B組の三溝《みつみぞ》真理」

坊家淑子の幼いころからの友人。どこか見下したように、「冷たいのね」と言った女。

「真理ちゃん、ね」

その名を脳裏に刻んだ。

まだ那由多と話したそうにしているクラスメイトを振りきるようにして家路についた。

「さむい」

下足室から道に出たとたんに、那由多が鞄《かばん》からマフラーを出して首に巻いた。「久しぶりに外に出たら、すっかり冬っぽくなってるから驚いちゃった」

まっすぐな脚は、何も言わないうちから遠回りする帰り道を歩き出す。少し遅れてその後に続きながら、那由多の姿を眺めた。ぺったんこにつぶれた鞄をぶら下げ、カーディガンを羽織って首もとにマフラーをぐるぐる巻きつけた那由多は、寒さに肩を丸めるちんぴらみたいで可愛《かわい》らしかった。

建ちならぶ屋敷はどれも、家屋が見えないほど広い敷地を持っている。長い塀《へい》に挟まれた細い石段を下りる。屋敷の豪勢さに反して、石段はコンクリートで適当に塗られ、段差もあまりなくのんびりとカーブしている。那由多が左腕をのばしてかたわらの壁を示した。

「ガラス片が埋めこまれてる」

白い壁の上には色とりどりの、しかし鋭いガラスがびっしりと顔を出している。その上にはさらに有刺鉄線が張り巡らされていた。これでは猫が歩くことすらできないだろう。

「こんなことして何になるのかしら」

那由多は飛びはねて壁の内側をなんとか見ようとしていたが、すぐに諦《あきら》めてまた歩き出した。

「よけいに人の好奇心とチャレンジ精神を煽《あお》るだけだと思うけど。よっぽどのお宝があるんだな。よし、侵入してやるぜ、って」

そういうものだろうか、と思っていると、那由多が振り返り、

「そうかしら、って思ってるでしょ」

と言う。苦笑して「うん」と答えた。

「翠はそう考えるだろうね。いいや、放っておけ。中に何があろうと私には関係ないし価値もない、って」

全神経を耳に集中させて那由多の言葉を受け取ったが、そこに非難の色はなかった。彼女はただ事実を述べているだけなのだ。急に自分が味も素っ気もないつまらない人間であるような気になって、つい弁解が口をついて出た。

「価値がないと思うわけじゃないの。もしかしたら私は、誰が思い描くよりもすごい財宝が壁の中にあると想像しているのかもしれない、と思うほどなのよ。でも私は……」

少し言葉を切って考えた。「だからこそ、侵入したいとは思わない。警備も厳重だろうし、返り討ちにあって自分が痛い思いをするのは嫌だから。『あの葡萄《ぶどう》はすっぱい』ってやつね」

ふふ、と那由多は笑った。

「翠はお姫様じゃなくて、キツネなのね。手に入れることのできなかった葡萄をいつまでも遠くから眺めて、『あれはすっぱいに違いない』って自分に言い聞かせてる」

「不本意だけど」

そう言って肩をすくめてみせた。

石段はカーブを終えると、丘の中腹を這《は》う道に通じている。寒さに比例して急速に葉の水分を失っていっている木立の中を進んだ。前方の斜面に僧院の壁が見え隠れしている。

「ねえ、翠」

那由多はいつものように呼びかけてきた。その声にかすかな緊張の色を感じ取ったが、何も気づかないふりをして「なあに」と返した。

「翠には気になる昔話や伝説ってある？」

質問の意味がよくわからなくて首をかしげた。那由多はこちらの沈黙を気にせずに話を進める。

「私はこのところ、『ノアの箱舟』についてずっと考えていたの」

そういえば那由多は、夏に家に遊びに来たときもそんなことをちらっと言っていた。

「どうして？」

「翠は言ったよね。洪水の後に、ノアが放った鳩《はと》はオリーブの葉をくわえて戻ってきた、って。その葉はどこにあったのかしら。もしかしたら、ノアの家族と連れていた動物たちの他にも、洪水を生きのびた人がいたのかもしれない。その人たちは、なんらかの方法で洪水が迫っていることを察知して、自分たちの船を造ったのかもしれないわ。オリーブの苗や家畜や可愛がっていた猫をその船に乗せて、荒れ狂う水を乗り切ったのかも」

「そしてノアが辿《たど》りついたのとは離れた場所に、その人たちの船は漂着したの？」

「そうよ」

那由多はうなずいた。「それがどこかはわからないけれど、そこでその人たちは未《いま》だにひっそりとオリーブを育てているの」

ちょっと楽しい想像でしょ？　と言って那由多は笑った。さびしい想像だ、と思った。

「ねえ、翠。翠にはひっかかるお話ってある？」

「そうね……『パンドラの箱』かな」

「『パンドラの箱』？　どうして？」

その問いには答えずに、軽く手を上げて僧院を指した。坊家淑子のくれたブレスレットがかそけき音を立てる。

「九月の始業式の朝、私はこの斜面を登って、僧院の脇《わき》を通って学校の修道院の裏手に出ようとしたのよ」

丘の上の学校を目指して、ざらついた木の幹を掌で確かめるように触りながら柔らかい土を踏みしめた。そして僧院の窓の下を身をかがめて通りすぎ、修道院の建物が見える林まで来たところで、人声に気づいて足を止めたのだ。

「そこには坊家さんと平岡が立っていた」

坊家淑子は小さな茶色い袋を平岡に渡していた。「携帯ストラップよ。貝殻の細工がとても綺麗《きれい》だったから」と言って。平岡は少し皮肉っぽく、「モルジブみやげ、か」と頬を歪《ゆが》めた。教師の俺が夏休み中も補習だ部活だって忙しいってのに、おまえはリゾート地でバカンスか、というニュアンスを如実《によじつ》に示す表情だと思ったが、坊家淑子はそんなことには気づかなかったようだ。いや、気がついていないふりをしていただけなのかもしれない。「会いたかった」と彼女の唇が刻むのが見えた。いつまでも身をひそめていても仕方がないので、来た道を少し引き返し、僧院をまわりこむようにして二人に気づかれないだけの距離を稼ぎ、林から出た。

「ただ夏休みのおみやげを教師に渡すだけなら、職員室でも廊下でもどこでもいいでしょう。わざわざ人目につかないところで会ってるから、『なるほど』と事情を察したわ。でもこそこそするのは、年頃の女の子の自意識過剰がなせるわざかもしれないとも思って、はたして平岡が本当にそのモルジブみやげを使っているのかを確かめたかったのよ」

「他人事《ひとごと》みたいに『年頃の女の子』って言うのね」

と那由多は笑った。「でもそれで、さっきの張り込みの背景がわかったわ。淑子と平岡先生はつきあっていた。それは決まり。じゃあ次はどうする？」

「そうね、どうしようか」

緑に包まれた静かな坂道は、急な勾配《こうばい》で元町の端《はし》まで続いている。並んでゆっくりと歩いている脇を、バスが道幅いっぱいに通りすぎていった。しばらく黙って考えていたらしい那由多が難しい顔で会話を再開させる。

「先生は淑子の居場所を知っていると思う？」

「あの様子じゃたぶん知らないんでしょう」

「私もそう思う」

那由多は鞄を持ち替えた。「先生は淑子の家出をどう思っているのかしら」

「もちろん心配しているでしょうね。これをきっかけに自分たちの関係がばれたらどうしよう。それぐらいならいっそのこと、どこかでのたれ死んでくれたほうがいい。当然のことながら遺書は残さずに」

「翠」

那由多の険しい声を、「冗談よ」と軽く流した。冗談などではなかったが。坊家淑子に対する愛情が平岡にあるとはとても思えなかった。少なくとも、彼女の真摯《しんし》さに見合うほどには。眼差《まなざ》しは嘘《うそ》をつけない。修道院の裏でも、去年、国語科研究室で見かけたときにも、すぐに関係を断定するのをためらわせるような冷ややかさが平岡にはあったのだ。あの男には覚悟というものが感じられない。

「淑子は先生と喧嘩《けんか》でもして、ぷいっといなくなっちゃったのかな」

「まあそう考えるのが自然な流れだと思う」

坊家淑子には他に失踪《しっそう》する理由がない。彼女の脳みそと心のほとんどすべてが、あの国語教師で占められていたと想像するのはたやすかった。中谷さんは、今好きな人とかいないの。電車の中での問いかけがよみがえる。数日前のその質問に、今ならもう少し心をこめて答えてあげるのに。さあ、これが恋かどうかはわからない。確かなのは、きっとその人は別の誰かを好きになる、ということだけよ。

「それじゃあ答えは簡単よ」

と那由多が力強く言ったので、少したじろいだ。

「え……なにが」

「なにがって、私たちがやるべきこと」

元町のにぎわいに目をくれることもなく、那由多はまっすぐ前を見て歩いている。

「先生と一緒に淑子の居場所を考えるの。そして彼女を連れ戻してもらうのよ」

「そう……そうね」

もしも彼に、坊家淑子を迎えにいくだけの気概があるのなら、の話だが。でもそれを那由多に言うのはやめておいた。女子校で出会った教師と生徒が恋に落ちた。二人の内実がどうだったにせよ、それを眺める者にとっては物語の筋書きなんてそれだけでじゅうぶんなのだ。結末は本人たちが考えればいい。那由多が坊家淑子を学校という自分たちの日常に取り戻したがっている。重要なのはそれだけだ。那由多がそれを望むのなら、どんなことにでも手を貸そう。

那由多は横浜駅で別れるとき、

「じゃあ、また明日ね」

と、これまでと同じリズム、同じ抑揚で言った。その言葉が呪文《じゅもん》のようにこの脳髄に響いたことを彼女は知らない。さよなら、さよなら、また明日。でも本当に？　本当にあなたは明日も学校に来るかしら。またふいに、手の届かない遠い砂漠の彼方《かなた》に去っていってしまうのではないかしら。一滴の水も受けつけずに、眼球が乾ききるまで砂に身を横たえていようとするのではないかしら。そんな疑惑と不安がこみあげた。連れていってほしい。今度は一緒に。

そんな言葉は決して、それこそ死んだって言えはしないし、言うつもりもないのだけれど。

指先が乾いてささくれている。本は湿気をきらい、人体から水分を奪っていく。本を扱っているうちにいつのまにか、表皮が白く乾燥し肌が裂ける。まるで本を愛しすぎたがゆえに体までもが紙になっていくみたい。文庫本に手早くカバーをかけていたらすっぱりと指を切った。寒い時期はこの事故がよく起きる。伐採された熱帯雨林のひそやかな逆襲だろうか。レジの隅に常備してあるハンドクリームをすりこんだ。

珍しく客がレジに並んでしまったので、奥でごそごそと棚の入れ替えをしていた碧を、「お兄ちゃん！」と呼んだ。声に反応して顔を上げた碧は、心底いやそうな表情でこちらに歩いてくるとレジに入った。

碧が客から受け取った本の値段を読み上げるのを、黙々とレジに打ちこんでいく。碧の手元で本がなめらかに袋に入れられたりカバーでくるまれたりしていくのを眺めながら、客が財布から金を出すのをじっと待つ。周囲につられるものなのか、人の動きにはなぜか波がある。だれ一人としてレジに本を持ってこないかと思うと、急に多くの人がレジに殺到してくるときもある。潮の満ち引きみたいで不思議だ。でも理解できない。

どうして混みあっているときにわざわざレジに並ぶのだろう。買う物が決まっていたのなら、空いているときにさっさと会計をすませておけばよかったのだし、買おうと思ったときにレジが混んでいたのなら、少し店内を見て時間をつぶせばいいものを。

バスに乗っているときに、降りる停留所のアナウンスが車内に流れているのになかなかブザーを押さない人と同じで、どうもよくわからない行動原則だ。あれはどういうことだろう。アナウンスを律儀《りちぎ》に最後まで聞こうとしているのだろうか。だれかが押すのを待っているのだろうか。荷物を両手にいっぱいに持って立ち、苦労してブザーを押したら、悠然と座っていた中年の男が同じ停留所で降りる。これほど腹立たしいことはない。降りるのならば、なぜすぐにブザーを押そうとしないのかといつも思う。

ブザーに手をのばす気力もなくして、夜の道をどこまでもどこまでも運ばれていく坊家淑子の姿が浮かんだ。

「翠、あれはやめろよ」

「なに？」

夢想を破られて我に返る。いつのまにか客の波は引いていた。頭でべつのことを考えていても、手はいつもの仕事をこなしていたようだ。レジの中で隣に立っていた碧は、上方からねめつけてきた。

「俺を『お兄ちゃん』て呼ぶことだよ」

「たまに言ってみたくなるの。一歳しか違わないんだからいいじゃない。碧だってときには妹が欲しいでしょ」

「欲しくない。とにかくやめてくれ。俺はああ呼ばれるとなんだか怖くなる」

「なぜ怖いの。なにが怖いの」

碧は質問に答えなかった。でもその目が雄弁に告げている。「翠の頭はたまにおかしい」。生まれることのなかった血の塊を俺の上に見るのはやめてくれ。碧の目は怯《おび》えを含んでそう訴えている。かわいい弟。たまに取り替えてしまいたくなる。あなたと紺おにいさんを。紺おにいさんと自分を。自分とあなたを。三人は一つになってまた戻っていく。今度はまっさらで綺麗な母さんの子宮に。にいさんの残滓《ざんし》が漂ったりしていない透明な羊水の中に。

長く休んでいたせいで、那由多は課題が山積みだ。昼休みもうなりながら英作文に取り組んでいる。その隣で裁縫箱を開け、那由多が描いた図案をもとに布を糸で絞っていった。那由多がノートに走らせていた手を止める。

「まにあうかな」

「もう八割方は終わったわ」

「翠は本当になんでも器用にこなすのね」

那由多が感心したように、針を動かしている手元を覗《のぞ》きこんできた。「それにしても、なんで家庭科で染色をやるわけ」

「布を綺麗に染められるのが女のたしなみなんでしょ」

そっちの作業をさっさとやって、と手でうながす。再びノートに視線を落としながら、那由多は「ふん」と鼻を鳴らした。

「平安時代じゃないんだからさぁ」

「良妻賢母を育てようとしつつも大学進学率も気になる。そこが女子校の大いなる矛盾の源よ」

最後の糸を切って、絞られて小さくなった布をぽんと机の上に置いた。

「さあ、できた。これを紅花の中に沈めれば、かわいい熊《くま》の柄《がら》が染め上がるというわけ」

「それ、猫なんだけど」

那由多が不満そうに視線を上げてつぶやいた。少し驚いて、図案が描かれた紙を手に取って確認したが、それはやはり熊にしか見えなかった。

化学室は染料の臭《にお》いがたちこめて息がつまりそうだ。鮮やかな赤い水が小振りの鍋《なべ》の中で煮立っている。この臭いさえなければそっと指を入れて肉を溶かし、おいしいシチューを作りたくなるような情景だ。そこに白い布の塊が次々に投じられていく。

布は暴力的なまでに瞬時に色を染《し》みこませた。染料を調合して釜《かま》を煮立たせ、次々に布を染め上げていった古《いにしえ》の女たち。彼女たちの冥《くら》い眼差しが見えたような気がした。そうやって妻が染め、縫い上げた着物を着て花見や月見や恋に興じた男たちは、愚かなほどに無邪気なままだ。生臭さと金属の混じりあったような染料のにおいを知らないままに、美しい衣を身につけて優雅に遊ぶ。呪縛《じゅばく》の怖さに気づくことなく、絡《から》め取られて安穏とするかわいそうな男たち。

ふと、女の行く極楽に男はおらず、男の行く極楽に女はいない、という言葉を思い出した。それでは女ばかりが集うこの学校は、女のための楽園なのだろうか。毒々しいまでに赤い色をした湯の中から、菜箸《さいばし》で布を引き上げた。水で染料をよく洗い流し、糸を切って布を広げれば、赤い布に白く図案が浮かび上がる。

「わあ、中谷さんの綺麗《きれい》ねえ」

まわりの数人が声を上げた。ここまで鮮やかな赤に染め上がるとは思っていなかったから、桔梗《ききょう》のような花を幾何学的に並べたデザインにしたのだ。もっと清楚《せいそ》な感じにしたかったのに、これでは欲求不満の若後家が独り寝の夜を数えて花をちぎったみたいだ。いつだって荒涼としてとげとげしいものしか作れない自分にため息がこぼれた。

「なゆちゃんのかわいい」

また声が上がって振り向くと、那由多が布を広げて窓のほうにかざしているところだった。家庭科教師の老婦人がそれを見て、

「いいですね、五十嵐さん。かわいい熊ができましたね」

と言う。プッと吹き出すと、那由多がしかめつらをしてこちらを振り返り、教師に聞かれないように囁《ささや》き声で抗議した。

「翠が熊だと思って縫ったから熊になっちゃったんだよ」

「あらひどい。私は那由多が描いたとおりに、忠実に縫ってさしあげただけなのに」

教室のベランダにみんなで作品を干した。赤い布が風にはためいている。毒の花ばかりが咲き乱れている廃園の隣で、那由多の熊がユーモラスに揺れていた。

放課後に那由多と二人で職員室の平岡を訪ねた。彼の横にはまた生徒が立っていて、

楽しそうに何か話しかけている。誠実で話せる国語教師。しかし職務としての誠実さと人間としての誠実さは言うまでもなく別のものだ。次に平岡に質問するのを待っている素振りで、那由多と並んで職員室の隅に立った。

「坊家さんも、なにもこんなに少ない数の中から男を選ぶこともなかったのに」

灰色の事務用の戸棚に寄りかかって、平岡の様子を眺めながら那由多に小声で話しかけた。那由多は足もとに視線を落とし、床板の間に挟まっている埃《ほこり》を上履きの先でつつきだそうとしている。

「何億人の男がいたって関係ないのよ。たとえ離れ小島に二人きりでも、その相手を好きになってしまえばそれが恋なんだから」

「それは錯覚というものじゃないの？」

「だからそれが恋なんだってば」

ああ、なるほど。少し納得してうかがい見た那由多の口元は、なんだか笑いを含んでいるみたいだ。

「那由多の経験から導き出された貴い結論がそれなのね？」

「意地悪言わないでよ、翠」

那由多は顔を上げて今度ははっきりと笑った。「あなたも浴びるほど読んでいる少女漫画から学んだことに決まってるでしょ」

くすくすと笑いあい、そして黙った。職員室の中は静かで、空いている席ばかりが目立つ。空調の稼働《かどう》するわずかな音に紛れて平岡と生徒の小さな話し声が聞こえるだけだ。閉ざされた窓から中庭が見える。桜の木はそろそろ緑の葉の色を褪《あ》せさせて、秋の最後の装《よそお》いに備えようとしている。

自分自身を愛せない人間には他人を愛することはできない、というのも漫画の中でよく見る言葉だが、あれは本当だろうか。この寂寞《せきばく》ももどかしさも臆病《おくびょう》も、すべては自衛が行きすぎてほとんど自閉的なほどに自分を愛しているがゆえに起こったことのように思える。たとえ離れ小島で夢のように理想的な男と二人きりになったとしても、きっとその人を自分自身以上に愛することなどできないだろう。

那由多は離れ小島でだれかを愛するだろうか。想像してみるが、南の島は浮かばなかった。それがあまりにも非現実的な仮定だから、というわけではなかった。脳裏にはどこか遠くの岩山の頂上が浮かんだ。そこで那由多は一人だった。見渡すかぎり他に人影はない。那由多は一人でオリーブの実を摘《つ》んでいた。そのそばで薄茶けたヤギのような毛足の長い動物が、眠っているみたいに静かに草を食《は》んでいた。

先客はようやく、「先生さようなら」と朗らかな声を残して去っていく。目で合図しあってどちらからともなく足を踏み出し、机に向かっている平岡の脇《わき》に立った。

「質問か？」

気配を感じた平岡は、事務用椅子《いす》をきしませてこちらに半身をさらした。そこにいたのがふだん彼を取り巻いている女子生徒ではなく、坊家淑子と同級の二人だと見て取って、彼は少し身構えたようだった。

「モルジブみやげについてうかがいにきました」

そう言って、はかったみたいに那由多と揃《そろ》ってさっと腕をのばした。平岡の面前で、ブラウスの陰からのぞいた二本の貝殻のブレスレットが揺れる。彼がそれに視線を落としたのを確認してから、またすぐに腕を下ろした。平岡は何も言わないまま再び机に向き直る。彼はしばらくそのまま手元のファイルをぱらぱらとめくっていたが、訪問者が立ち去る気配のないことに焦《じ》れたのか、平坦《へいたん》な声で言った。

「それで？」

「先生は淑子の行き先を知っていますか？」

那由多は平岡の短い言葉ですら言い終わるのを待ってはいられないとばかりに、彼の語尾に質問をかぶせた。核心に踏みこむにはあまりにも早すぎるのではないかと思ったが、平岡の眼差《まなざ》しを見て考えを改めた。こちらを一顧だにせず書類を眺めている彼は冷え冷えとして、いっそ触れたら皮膚と皮膚とがくっついてしまうのではないかと思われるほどだった。彼のこういうところに惹《ひ》かれたというのなら、坊家淑子も自虐《じぎゃく》的ないい趣味をしている。口元に自然と皮肉な笑みが浮かんだ。

横に立つ人間の不穏な薄笑いには気づかずに、那由多は果敢に平岡に切りこんでいく。

「淑子とつきあっているんですよね」

那由多は周囲の耳を気にして、座っている平岡に身をかがみこませるようにして囁いた。問いつめる響きはなく、ほとんどすがるような声だった。平岡が首を動かし、正面から那由多の視線を受け止める。

「そうだったとして、だから俺にどうしろって？」

これは駄目だ、と思った。平岡は過去形で坊家淑子を語る。平岡の情熱を試そうとした哀れな少女は、すでに彼の中から弾《はじ》き出されてしまっている。いや、もしかしたら最初から平岡には情熱などなかったのかもしれない。彼は自分にできる範囲で生徒を受け入れていただけなのかもしれない。彼なりの優しさで。そうだとしたら、それはルールをよく把握していなかった坊家淑子の負けだ。彼女の行為は、平岡にとってはただの手酷《てひど》い裏切りとしか映らないだろう。

だが那由多はめげなかった。身を起こし、にっこりと微笑《ほほえ》む。

「迎えにいってください」

平岡も思わず、といったように苦笑をこぼした。

「どこに行ったのか知らないんだ。本当に」

知っていたら迎えにいくさ。それくらいの良識はある。と彼はつぶやいた。すでに恋を終わらせている男が良識とともに迎えに来ることを坊家淑子が望んでいるかどうか疑問だったが、しかし彼女はこの男を待っているのだ。半狂乱になった母親の心配からも、穏やかに時を刻んでいる女だけの古めかしい学校からも遠く離れたどこかで。それがどれだけの決意と絶望によるものだったのかは想像するしかないが、那由多にはわかっているのかもしれない。彼女の苦しみと哀《かな》しみと怒りが伝わっているのかもしれない。

那由多は静かに質問を続ける。彼女の口調があまりにも穏やかだから、ここで何が話されているのか周囲のだれも気づけない。

「先生だったらどこに行きますか」

「さあ……。海かな、月並みだけど」

本当に陳腐だ。だが激情にかられていただろう坊家淑子が、そういうどこかで見たような結論に到《いた》った可能性はじゅうぶんある。なんだかいらいらしてきた。どうしてこんなところで、思いこみの激しい女に手を出した男と海の話などしているのか。放っておくにしろ迎えにいくにしろ、それは結局のところ彼ら二人の問題だ。だが那由多は辛抱強く、「どこの海かしら」と首をかしげる。

「ねえ、翠。淑子は何か言っていなかった?」

知らない。坊家淑子について知っていることなどほとんどないのだ。彼女は鎌倉に住んでいると言った。鎌倉には海がある。それだけ。でも自分の家の近くの海岸で、恋した男の迎えを待っている女などいない。鍵《かぎ》はすべてこの男が握っているのだ。

「それは先生がご存じなんじゃないですか」

もうさっさとこの不愉快な会合を終わらせたくて、平岡を正面から見据えた。「ほんのちょっとした会話の中に、坊家さんからの謎《なぞ》かけがあったのかもしれません」

そうだ。彼女は薄い痕跡《こんせき》をあちこちに残していった。わざわざ平岡と揃いで買ってきたモルジブみやげのブレスレット。何かを言いたそうにしていた眼差し。恋についての小さな見解のあれこれ。彼女は確かに信号を送ってきていた。少し風向きが変わったらもう届かないほどかすかな声を。

彼女は気づいてほしがっていた。平岡に。周囲の人間に。自分がどんなに平岡を愛していることを。

職員室の空気は透明な樹脂が流しこまれているみたいで呼吸がしにくい。固まった空気の間をくぐって古い木材と埃っぽい紙のにおいがたまに鼻先をかすめていく。平岡がなにかつぶやいた。千葉にある海岸の名を言った気がしたのだが、彼の横顔はそれまでとどこも変わらない。憑依《ひょうい》した死者の発する声を聞いたようにぞっとした。

「さぞ滑稽《こっけい》だろうね。生徒とこんなことになって、あげくに失踪《しっそう》騒ぎだ」

やがて平岡は唇を歪《ゆが》めてこちらを見上げてきた。「だが我関せずという顔をしてほくそ笑んでいる君はどうなんだ」

彼は視線をはずさないままファイルの間から何かを取りだして、ぱさりと机の上に投げ出す。

「この手紙を書いたのは君じゃないのか、中谷」

何を言われたのかよくわからない。放り出された物に目の焦点を合わせた。それは白い封筒と便箋《びんせん》だった。咄嗟《とっさ》のことで文意までは読みとれない。だが直線で構成された稚拙な文字だけで、それが発する悪意はじゅうぶんに感じ取れた。

「翠はそんなものを書いたりしません」

那由多の硬い声が耳に届く。彼女がその言葉を発するまでは、一瞬にも満たないほどの時間だった。だがその一瞬は、星が生まれてから死ぬまでのように長かった。痛いほど強く那由多に手首をつかまれる。

「失礼します」

憤然とした那由多はそのままずんずんと職員室を出ていく。引きずられるようにして足を動かした。ひんやりした廊下に出ても、那由多はまだ怒りで頬を紅潮させている。「那由多、那由多」と声をかけると、彼女は中庭の桜の木の下でようやく足を止め、つかんでいた手を離した。

「なんなのあの男。なんなのよ」

那由多はストレスで神経をやられた動物園の豹《ひょう》みたいに木の下を行ったり来たりした。熱を覚えて手首に目を落とすと、那由多にブレスレットごとつかまれていた肌には、貝に刻まれた模様がうっすらと赤く写っている。

「那由多は全然疑わないの」

「何を」

「私があれを書いたのかもしれないじゃない」

那由多はため息をついて立ち止まり、がっくりと足もとに視線を落とした。しばらく彼女はそのままの姿勢でいたが、やがて「あのね」と言って静かに顔を上げた。

「どうして翠があんな手紙を書かないといけないの？　淑子へのいやがらせ？　それとも実は翠が平岡先生のことを好きで、二人の仲に嫉妬《しっと》していたから？　たとえそうだとしても、翠は匿名《とくめい》で手紙なんか書かないでしょ。あなたがそれぐらい感情を表してくれる人だったなら、むしろそのほうがわかりやすくていいのにと思うくらいよ」

那由多は最後には笑いを含ませた声で言い切った。風が吹いて、寒かったことを思い出した。寒さも感じられないほど頭に血が上っていたらしい。でも今は腹のあたりがほんわりとぬくもっている。そのこそばゆさを伝えたくて、新校舎に向かって歩きながら正直に言った。

「平岡に誤解されてもべつにどうでもいいけど、那由多が怒ってくれてよかった」

「翠は肝心のときにボーッとしてるところがあるんだもん」

那由多はあきれ顔だ。校舎内にはまだ少し生徒が残っている。声をひそめて会話を続けた。

「ちょっと血の巡りが悪くなってて、何を言われたのかわかってなかったのよ。なるほど、この手紙が坊家さんの失踪の原因か。私たちより早く平岡と坊家さんのことを知っていたのは誰かしら、って考えていたら、怒るチャンスを逃したの」

「あの一瞬でそれだけ考えられれば、じゅうぶん血は巡ってるわよ」

那由多はあきれるのを通り越してまた怒ってしまったらしい。「翠は人からどう見られるかに無頓着《むとんちゃく》すぎるのよね。そういうの気をつけたほうがいいわよ」謝るのもおかしい気がして黙っていた。諦《あきら》めたのか、那由多はやれやれと首を振り、声の調子を変えた。

「私たちの他にも二人のことを知っている人がいてもおかしくはないわ」

「だれ?」

「誰かはわからないけど……、淑子は幼稚舎からこの学校にいるんだもん。私たちよりずっとつきあいの長い友だちもいるし、その子たちに話していたのかもしれない」

そうだろうか。もし坊家淑子に他にすでに秘密を分けあっている友人がいたのなら、彼女があんなに慎重になってまでこちらに信号を送る必要があるだろうか。秘密を知っている気心の知れた友人と恋の話に興じていればよかったはずだ。まあ、わかりやすいと言えばわかりやすい人だから、彼女の近しい友人が、自然に何か勘づいたということはあるかもしれない。

幼稚舎という言葉から一人の顔が浮かんだ。そう、たとえば三溝真理が。下足室での冷酷と執念の入り交じった瞳《ひとみ》。プリントを胸に抱いて質問の順番待ちをしていた姿。

だがその顔をすぐに打ち消す。

もしも手紙を書いたのが三溝真理だとしたら、坊家淑子は平岡に切り捨てられただけではなく、友だちにも裏切られていたことになる。彼女がどこかの海岸からこの学校に戻ってくることが、いいことなのかどうかわからない。

「なんにしろ、私たちにできることはやったわ。あとは平岡と坊家さんの間の話よ」

もうかかわりを持ちたくないというのが本音だった。ここは小さな廃園だ。恋から遠く離れ、さびしいけれど穏やかな眠りにまどろむ少女たちの園だ。できることなら女同士の無意味な序列からも外れていたいと思うのに、どうして膨れた風船にそっと針の頭を押し当てて様子をうかがうような憎悪《ぞうお》に振り回されないといけないのだろう。そうだ。あの手紙は針の先端ではなく、わざわざ頭のほうをねじこもうとしているみたいに冷たい悪意に満ちている。

那由多は納得しないかと思ったけれど、

「そうね……」

と案外あっさり返した。どこまでが草原で、どこからが他人が足を踏み入れてはいけない牧草地帯なのか、彼女にはきっとその境界線がよく見えるのだ。臆病《おくびょう》でいつも狭い囲いの中にいるだけの自分となんと違うのだろう。

教室に戻った那由多は、自分の席から鞄《かばん》を取り上げぼそりと言った。

「淑子は帰ってくるかしら」

「帰ってくるでしょう」

「どうしてそう思うの?」

「坊家さんは修学旅行を楽しみにしていたじゃない」

小学生のころ、白楽《はくらく》の駅では飛び込み自殺がとても多かった。慌《あわ》ただしい構内のアナウンスや人々の声が店にまで聞こえ、すぐにパトカーのサイレンが響き渡る。そんなことが何度もあった。自殺の多発の原因がなんだったのかははっきりしない。ホームがゆるやかにカーブしていて薄暗かったからだろうか。減速しながら急に姿を現す電車のライトに誘われてしまったのかもしれない。ホームの蛍光灯の数を増やし、明るくしたら自殺者の数は減り、今ではほとんど飛び込みはなくなった。

ホームが暗いか明るいか。入ってくる電車の速度が決意を煽《あお》るようなものかどうか。死を選ぶきっかけなんて、そんなささいなことなのかもしれない。たとえばそれは、湯船に右足から入るか左足から入るかというぐらい小さなこと。

でも、たいがいの人はふだん、階段にどちらの足から踏み出すか、湯船にどちらの足を先に浸《つ》けるかが決まっている。無意識のうちにどちらの足から踏み出すか決めていて、もう片方の足を先に出そうとするにはかなりの違和感をともなう意志が必要になってくる。だからどんなにまわりが明るくても、決意を翻《ひるがえ》させることなど結局はできはしないのかもしれない。そんな気もする。

「坊家淑子は帰ってくる」などと那由多に言ったが、確信なんてもちろんない。彼女はもう、いつも踏み出すのとは反対の足から湯船の中に入っていってしまったかもしれない。底のない生温かい湯の中に身を沈め、誰の声も届かない体液と同じ濃度の水の中で泣いているのかもしれない。

母の言葉の端々《はしばし》から、存在したかもしれない兄のことを知った。

妊娠がわかったばかりのいとこに、母は電話で、「最初が肝心だから大事にしないといけないよ」と言った。碧と並んでご飯を食べていたら、「あんたたちみたいに元気な子が授かるなんて、たまに夢みたいだと思うわ」とふいに言った。母は子どもたちを愛している。でも生まれることのなかった兄を忘れることもない。生まれたこともなく死んだこともないと言えるかもしれない血の塊すら、母はいつまでも覚えている。本当にたまにだが、そのことを思うと怖くなる。暖かい衣を身につけて女のもとへと夜道を行くとき、ふと冴《さ》え冴《ざ》えとした月の影に気づいてしまった男のように。

だから兄に名前をつけた。

その名をほかに知る者はいない。時折呼びかけて話をする。ただの心の安定剤。あなたの曾祖父《そうそふ》があなたを見守ってくれています。そんな占い師の言葉と同じほどの意味しかない、ただの遊び。

選択の理由を知りたい。坊家淑子は何かを選んだのではなく、ただただ平岡を待っているだけなのかもしれないし、ホームから足を踏み出すか出さないか、その狭間《はざま》には明確な違いなどないのかもしれないけれど。

選別の基準を知りたい。兄は生まれることなく死んで、その弟妹は友だちと時を過ごした後に今日も店で本を売る。その隔たりにはきっとなんの意図も意志も存在しないのだとわかってはいるのだけれど。

「修学旅行をどうするか、という話になっているわ」

相変わらず利用者の少ない図書館で、笹塚は珍しく掃除をせずに窓から道路を眺めていた。ちょうど美術部の生徒と一緒にイーゼルを運んでいる高島が通りかかり、笹塚は彼女に手を振った。並んで窓から外を見ていた那由多が、

「どうするか、ってどういうことですか？」

と聞いた。

「坊家さんが行方不明なのに修学旅行を断行していいものかどうか、って教師たちも

悩んでいるのよ」

笹塚は窓を背にして図書館内を見渡すようにし、那由多もそれにならった。二人をそのままに窓辺から離れ、手近の閲覧椅子に座る。逆光になって、彼女たちの表情がよく見えなくなった。

「でも今さらどうしようもないんじゃないですか」

そう言うと、笹塚が「そうでしょうね」とうなずいた。

「人数が多いから、今さらキャンセルとなると大変なことになるし、ぎりぎりになって坊家さんが帰ってくるかもしれないわけだから」

期せずして全員の唇から同時にため息がこぼれた。那由多と相談した結果、前日の平岡との顚末《てんまつ》を笹塚にだけは話しておくことにした。彼女には協力してもらったし、未成年だけでは判断に困る出来事が起こってくるかもしれない。話を聞き終えた笹塚は、「平岡先生がねぇ」と言ったきりしばらく黙っていた。

「先生がこの学校の生徒だったころも、やっぱり教師に恋している子っていた？」

那由多の問いかけに、笹塚は微笑《ほほえ》んだようだった。

「いたよ。私の知るかぎりでは、それはただの憧《あこが》れ、片思いで終わるものばかりで、坊家さんみたいに実質的に先生とつきあっている子はいなかったと思うけど」

「先生も先生に恋をした？」

「私はしないわよ。教師になる人間なんて、みんなどっかがおかしいやつばっかり、って思ってたから。それで自分も教師になってるんだから、高校生のころの私の考えもあながち的はずれではなかったということかしらね」

冗談だか本気だかわからない笹塚の言葉に、那由多はくすくすと笑った。

「先生はどうして先生になったの？」

「就職難だったから」

笹塚はあっさりと言った。「年賀状のやりとりだけしている国語の教師がいたのよ。それで、『どこにも就職先がありません』と書いたら、『今度フランチェスカで募集がかかるから、応募してみなさい。できるだけ後押ししてあげる』って電話がきたの」

「教師なんて嫌だと思っていたのに、教職を取っていたんですか」

茶々を入れてみた。

「親の遺言で。ついでに司書資格まで取っておいたからよかったの」

笹塚の言葉はやはりどこまでが本当なのかわからない。彼女は独り言のように続けた。

「変な先生だった。他の教師とそりが合わなかったらしくて、昼は自分の車の中で一人で食べるのよ」

「それは確かにちょっと変わってますね」

「先生は私が就職するのと入れ違いに定年退職した。その最後の春休みに、ちょうどこの窓から外を眺めながら彼は言ったわ。『笹ちゃん』」

「笹ちゃん？」

那由多と一緒に声を上げてしまった。偏屈の老国語教師が「笹ちゃん」とは、なんとも妙だ。だが笹塚はこちらのとまどいなど歯牙《しが》にもかけず、ひたすら追憶の中に身をゆだねているようだった。

「笹ちゃん、学校っていうのは不思議なところだねえ。僕はこんなに年をとってしまったのに、生徒たちはいつまでも若いままだ。いつだって十代のまま、笑ったり泣いたりしている。ほら今年も、あと数日したらまた新しく生徒たちが入ってくる。そして時が来たら去っていく。永遠にその繰り返しだ」

笹塚はまた窓の外に向き直った。下校していく生徒たちを眺めているようだ。那由多が笹塚のそばをそっと離れ、こちらに歩いてきて向かいの閲覧椅子に座った。笹塚はそれきり長く黙ったままだった。

ずいぶんたってから那由多が、

「その先生は今どうしているんですか？」

と聞いたが答えはなかった。顔を見合わせ、もう帰ることにして鞄を持って椅子から立ち上がる。木製のドアに手をかけたところで、「死んだわ」という声を聞いたような気がして振り返った。笹塚はまだ外を見ていた。

「また来ます」

と言って、図書館から出た。

「ねえ、翠」

石川町の駅が近くなってから、那由多はようやく口を開いた。「今週末、晴れたら五色不動を探しに行かない？」

「いいわね。でも急にどうしたの？」

「早くしないと、涼しいのを通り越して本格的に冬になっちゃうから」

明かりの灯《とも》りはじめた商店街の、乾いた空気を吸いこんでみた。約束は寒い季節によく似合っている。それはとても切なくて大切なことのような気がした。

次の日は雨だった。

平岡はいつもと変わらず授業を行っている。どうでもいいような随筆の一行一行を取り上げては、『これ』は何を指していますか」などと言っている。少女を愛する男にろくなのはいない。自分は安全な場所にいるくせに、そこから逸脱するスリルを味わいたがっている。

那由多は平岡に指されても、席も立たずに「わかりません」と答えただけだった。平岡は「そうか」と言って、「じゃあ、内田」とさらりと無難に次の出席番号の人間を指名する。那由多の子どもっぽい潔癖さがおかしかった。でも彼女と同じ気持ちがこの胸の内にもある。平岡はいま、坊家淑子のことを考えているのかいないのか。愛のかけらを傲慢《ごうまん》に投げ落としておいて、のらりくらりと日常を続けようとしている。そんな人間の視線にさらされるのすら気味が悪い。彼には彼の言い分もあるはずだ、といくら理性が告げていようと、皮膚はどうしたってそれを納得しない。

授業が終わると、那由多はやっぱりぷりぷり怒っていて、ひとしきり平岡に対する悪態をついた。そして最後にため息とともに、

「雨も降ってるっていうのに、淑子はどこでどうしているんだろう」

とつぶやくのだった。

「坊家さんがいるところでは、雨は降っていないかもしれないわ」

慰めるつもりで言ったのだが、うまくいかなかった。那由多は、「淑子はそんなに遠いところにいるのかしら」とますます心配そうに、濡《ぬ》れそぼっている裏の林を眺め

る。やがて彼女はどこか思いつめたような顔をして尋ねた。

「翠は、逃げ出してしまいたいと思うことはある？」

「何から？」

「なんでもいいの。全部から」

少し考えてみたが、心の中は空っぽの冷蔵庫みたいにひんやりと明るいままだった。

「……ないと思う。私にはそれほど重大な悩みがないから。家族ともそこそこうまくやっているし、学校は窮屈だけどこんなものだとも思うし」

「窮屈なときは屋上でのんびりすればいいし？」

「そうそう」

それに那由多がいてくれるから。でもその言葉は声にはしなかった。ここから逃げて、いったいどこに行こうと言うのだろう。よくわからない。どこにも行き場などない気もするし、もしかしたら知らないだけで、ここ以外の場所も果てしなくあるのだ、という気もした。

那由多のいる岩山にふさわしい歌はないだろうか。少し哀《かな》しくて、でも岩の間から小さな白い花が咲くような歌。彼女のそばにいるヤギも、きっと一緒にくちずさみはじめる。

岩山が雪で覆《おお》われたように白い花で埋めつくされたころ、教室の後ろの黒板に子猫の写真を貼《は》った子がいた。

「うちで生まれた子猫なの。もらってくれる人に心当たりがあったら教えて」

居合わせた人間のほとんどがその写真の前に集まり、「かわいい」と口々に言う。那由多も爪先《つまさき》立ちして人の頭越しに写真を見ていた。本屋に来る客の中に、猫を飼いたがっている老人がいたことを思い出す。後で写真を見ておいて、どんな猫を探しているのか聞いてみよう。そう思いながら本を読んでいると那由多が、「まだちっちゃくて、ぬいぐるみみたいだよ」と言いながら戻ってきた。

「私も飼いたいけど、マンションだから駄目だろうな。翠は猫と犬だったらどっちが好き？」

「どちらかといえば犬」

那由多はちょっと笑って、

「積極的に好きな動物はいないの？」

と重ねて聞いてきた。

「なんかの占い？」

珍しいなと思って質問に質問で返すと、那由多は「ううん」と首を振った。

「箱舟に乗せる動物をどうするかのリサーチよ」

いつでもそのことを考えているのね。岩山の花がみんな萎《しお》れ、本当に雪に変わってしまいそうでなんだか怖かった。何を挙げるべきなのか、脳みその襞《ひだ》に必死に分け入って動物の姿を探す。口をついて出たのは、自分でも意外な言葉だった。「人間」と答えた。答えてみて、それが自分の中の紛れもない真実であることを初めて知った。だれとも打ち解けようとしないくせに、とそしられるか笑われるかするかと思ったが、那由多はそのどちらもしなかった。一番最後に夜空に輝き出した星みたいに静かに、周囲の話し声に紛れこむほどそっと、「どうしてそう思うの」と言った。

「他の動物と違って、言葉を使ってお互いに近づこうとするから」

開いたままだった手元の本を、栞《しおり》を挟んでぱたりと閉じた。うまく言えない。残りの言葉は胸の内で続けた。でもそうやっていくら近づこうとしても、ふとした瞬間に一人になってしまう。だからよ。

言葉をいくら重ねても、果てしなく隔てられ交わることがない。でもだからこそ、どこかに逃げたいとは思わないのだ。どこに行っても同じだ。どこに行っても一人なら、せめて那由多のそばにいたい。届かなかった言葉が虚無となっていくら押し寄せようと、それでもまだ言葉を重ねたいと思える相手のそばにいたい。

那由多はじっと、どこか遠くから聞こえてくる音に耳を傾けているようだった。

横浜で父親と会うという那由多と別れ、一人で図書館に向かう。走って道を横切ろうかと思っていたのだが、雨足は予想以上に強かった。湿ったままの傘を広げ、あちこちに水たまりができてしまっている無人のグラウンドを眺めながらゆっくりと歩いた。

わざわざ傘を差してまで図書館を訪《おと》なう人間もいないらしく、入り口の扉を開ける音が妙に大きく天井の高い空間に響いた。その音を聞きつけた笹塚がカウンターの中から顔を出す。

「助かった。だれか来てくれないかなと思っていたのよ」

「どうしたんですか」

スカートの裾《すそ》にはねた水滴をハンカチで軽く拭《ぬぐ》いながら尋ねる。笹塚は中二階のほうを指した。

「雨漏りしてるのよ」

中二階の一番奥、道路に面した窓の枠が歪《ゆが》み、雨水が染《し》みだしているようだった。窓を塞《ふさ》ぐかっこうで置いてある書棚には、あまり利用者もいなさそうな全集が並んでいた。書棚の中段あたりの本はすべて取りだされ、床に一時避難させてある。姿を現した日よけの真っ黒なシートが貼られた窓ガラスからは、外はまるで覗《のぞ》けない。笹塚の苦肉の策だろうか、窓枠に添うように雑巾《ぞうきん》が押しこまれていた。

「古いから仕方がないですね」

空いている書棚の段に首を突っこむようにして、状況を確認した。雑巾は雨水を吸って、もうぐっしょりと濡れてしまっている。新しい雑巾が必要だと言おうとして、床のほうにまで水が滴《したた》っていることに気がついた。

「先生、大変。この棚の本は全部移動させないと」

笹塚は悲鳴を上げて下段から本を抜き取りはじめた。

「ああ、ちょっと濡れたわ」

「拭《ふ》けば大丈夫ですよ」

悲嘆にくれる笹塚を急《せ》かして、棚に入っていた本をすべて少し離れた床の上に積み上げる。空になった書棚を力を合わせてずらし、濡れてしまった壁と床を拭く。笹塚は、「もうちょっと雑巾を取ってくる」と言って下に降りていった。

眺めているうちにも、わずかに歪んだ窓枠の隙間《すきま》から水が細く染み出てくる。重みを増した雑巾をなんとかしたい。窓を開けて絞ってしまおうと思いついて、鍵《かぎ》に手をかけた。

長く触れられることのなかった鍵は堅かったが、指先に渾身《こんしん》の力をこめるとざりっとした錆《さび》の擦《こす》れる感触とともに動いた。窓を押し開けると水音と雨の匂《にお》いが押し寄せ、視界が開ける。

道路を挟んで、ちょうど特別棟の正面にあたる窓だった。いくつか明かりの灯っている部屋がある。五年もこの学校にいて、こんな角度から特別棟を眺めるのは初めてだなと思いながら、窓から手を突きだして雑巾を絞った。そうする間にも手には生ぬるい水滴が次々に当たる。

濡れた手を振るって水を払い落とし、絞った雑巾で窓枠を拭く。何かが動く気配を感じてふと顔を上げると、道を隔てた向かいの窓に三溝真理の顔が見えた。雨だれの音が遠のいていく。

三溝真理もこちらに気づいたらしく、視線が雨を透かして絡《から》みあったのがわかった。彼女は少し目をすがめてこちらを眺め、開かないはずの図書館の窓から顔を出しているのが誰なのかを確認したようだった。彼女は唇の前に人差し指を立てて、頬の筋肉を引き上げてみせる。

そして三溝真理は国語科研究室のカーテンを閉ざした。

「どうかしたの」

声に振り返ると、雑巾や古新聞をたくさん抱えた笹塚が立っていた。

「いえ、なんでもありません」

窓を閉め、笹塚と一緒に雨漏りの原因に応急処置を施す。新聞紙を隙間に詰め、その上から雑巾を押し当ててガムテープで固定する。

「先生は秘密を知ってしまったらどうしますか」

息を合わせて空の書棚を移動させる。笹塚は体の中心で支えるように棚を持ち上げながら、ちょっと視線を向けてきた。

「たいがいの場合、黙っていると思うわ」

「どんな種類の秘密でも？」

「秘密を知った瞬間の判断が、一番正しいんじゃないかしら。咄嗟《とっさ》に黙っていようと思うか、誰かに打ち明けようと思うか」

書棚は窓を元通りにぴったりと覆い隠した。

夜になっても雨は降り止《や》まず、店は戒厳令下の税務署みたいに人気《ひとけ》がない。父が出してきた返品在庫の箱詰めをしてしまうと時間をもてあました。レジの中でただぼんやりとたたずんでいても仕方がない。下校前に見ておいた猫の写真を思い出し、反古《ほご》紙《し》の裏を利用したメモ用紙に特徴と似顔絵を描き出してみた。

雨だというのに、猫を欲しがっていた老婦人は店にやってきた。総菜が入っているらしい小さなビニール袋を右手に持っている。「こんばんは。届いてるかしら？」と彼女は言った。

「いらっしゃいませ。今日発売されました」

老人が毎月購読している短歌雑誌をレジの後ろの取り置き棚から出した。「雨が上がったら配達すると父が言っていたんですが、すみません」

「いいのよ。一日一回は散歩しないと」

レジを打っている間、彼女は待ちきれないというように雑誌を手にとってぱらぱらと眺める。そうしながら彼女がいつもと同じように、「翠ちゃんは詠《よ》まないの？」と聞いてきたので、「私は鑑賞専門なんです」といつもどおりの答えを返した。もう何年も同じ会話を繰り返しているが、今日は新たな話題もある。

「まだ猫を探していらっしゃいますか」

「ええ、ええ」

と彼女はうなずいた。ようやく彼女の手から離れた雑誌をその隙にビニールの手提げ袋に入れる。

「私のクラスメイトが子猫のもらい手を探しているんです。まだ彼女に詳しい話を聞いていないんですが、こんな感じの猫たちです。よかったら写真を預かってきます」

絵を描いておいたメモ帳をカウンターの上に並べた。老人はそれを見て「あらまあ」と笑った。

「かわいいわねえ」

「写真で見るかぎり、これの数万倍はかわいかったですよ」

老人はぜひ一匹譲ってほしいと言った。

「じゃあ話を進めます。何か条件とかありますか？」

「こっちは年寄りだから、できればおとなしめの子がいいかしら。せっかく来てもらったのに一緒に飛び回れなくて退屈させたんじゃ可哀想《かわいそう》でしょ」

どうやらこの人ならちゃんとかわいがってくれそうだ。さっそく飼い主に聞いてみると請け合って、老人が猫の絵の隅に書いた連絡先を預かった。

母が交替のために下りてきて、「ごくろうさま、翠。ご飯を食べて」と言った。二階に上がると、台所で碧がすごい勢いで竜田揚げをおかずにご飯を食べている。なんだか疲れた。みそ汁を少し温めなおそうとコンロの前に立っていると、碧はテーブルの上に置いておいたメモを見たらしく、

「なにこれ。ウリ坊か？」

と言った。那由多の描いた猫が熊《くま》になって染め上がったことに、初めて少し責任を感じた。

「猫よ」

碧の向かいの席に座り、箸《はし》を手に取る。ふと思いついて、

「碧なら箱舟にどんな動物を乗せる?」

と聞いてみた。碧はご飯を咀嚼《そしゃく》しながらメモとテレビのニュースを交互に見た。

「箱舟? なにそれ、心理テスト?」

「なんでもいいから」

「牛」

碧はなにか罠《わな》でもあるのかと警戒しつつ答える。可愛《かわい》くも格好良くもないイメージの動物を挙げられて、少し意外に思った。

「なんで牛なの?」

「牛乳が飲めるし、いざという時に肉を食えるから」

なるほど。少し笑うと、碧が、「なんだよ。翠は何を乗せるんだ」と聞いてきた。

「私は……ヤギ、かな」

「ああ」

と碧は納得したようだ。「あれもいいな。ヤギ乳《チチ》も飲めるし肉も食えるうえに寒かったら毛を剃《は》げるだろうし。でもそれなら羊のほうがいいか」

ヤギの肉はなんだかすじばっていそうだ。実用的なことばかり考えているが、那由多の言う箱舟はきっとそんなものではないのだろう。子猫を紺おにいさんのために箱舟に乗せよう。テレビが天気予報の画面に変わる。雨のせいで嫌なものを見た。週末は晴れるだろうか。

翌日の金曜日も雨は残った。

朝、廊下でいつもの友人たちとしゃべっている三溝真理とすれちがった。お互いにはっきりと目を合わせることはしなかった。那由多には黙っているべきなのか。三溝真理を問いただすべきなのか。どうすればいいのか、まだ結論が出ないままだった。

猫の飼い主である平田は、里親の話を聞いてとても喜んだ。自分で表紙にシールを貼《は》って装飾したらしい小さなアルバムの中から、五匹の子猫が揃《そろ》って写っている写真と、茶色い子猫が一匹だけで写っている写真を抜き取って差し出してくる。

「この茶色い子が一番おっとりしていると思うの」

平田はトイレのしつけと、必要なら避妊手術を済ませてから子猫を渡すと言った。

「もう少し大きくなったら、どの子がいいか最終的に選んでもらうわ。もちろん一番に」

「よかった。きっとお客さんも喜ぶわ。できるかぎり私も仲立ちするから、お願いね」

話はすんだと思い席に戻ろうとしたが、彼女はまだ何か言いたそうだ。少し間《ま》があった。

「中谷さんが飼い手を探してくれるなんて思ってなかった」

と言って、平田は照れたようにアルバムを机にしまった。「猫なんて興味ないかと思ってたよ」

特別に興味があるわけではない。たまたま心当たりがあっただけだ。彼女が何を言いたいのかよくわからず、ちょっと言葉に迷った。

「そのお客さんは前にも猫を飼っていたことがあるらしいし、今から猫を飼うには年をとりすぎていると思うかもしれないけど、平均寿命まではまだまだ間《ま》がある元気な人だから大丈夫よ」

何か変なことを言っただろうか。たまに見当違いのことを言って人を苛立《いらだ》たせてしまうという自覚はあるから、緊張して相手の様子をうかがった。平田はまるで早口の外国語を聞いたかのような顔をしていたが、やがて「聞き取れました」という感じでほわんと笑った。

「ありがとう」

と彼女は言った。

宗教の時間はいつもと変わらぬ居心地の悪い静寂に支配されている。先週の校長の問いかけに答えて提出された紙の中から、彼女のおめがねにかなったものが読み上げられていく。殺されるとわかっていて信念を曲げなかった態度は立派だと思います。もう少しすれば禁教令も解かれたのに、運命の皮肉を感じずにはいられません。私なら信仰を捨ててしまうかもしれない、そう思った自分が恥ずかしいです。

いったい正気なんだろうか。それともスパイスのききすぎた皮肉のつもりだろうか。本心だとしたらそれが一番恐ろしいけれど。少し殉教者の話を聞いただけで心から、「私も神の国に迎え入れられる人間になりたいです」と書くような人間たちに囲まれているのは、海原を覆《おお》いつくすほど無数の人間魚雷に押し寄せられている小さな漁船と同じくらいに危険だ。だがやはり、「私は逃げる」「その場は信仰を捨てたふりをして、ひそかに布教に励むほうがいい」と書いた子もいたらしく、校長はお得意の悲しげな瞳《ひとみ》でため息をついた。

「みなさんは友情の存在は信じるのに、どうして神の存在は信じないのですか」

那由多はちょうどあくびをしようとしていたが、校長が紙から視線を上げたので慌《あわ》ててそれを嚙《か》み殺す。子羊のようにおとなしく座っていたクラスメイトたちは、その校長の発言にさすがにざわついた。それはちょっと違う、よね？　というふうに、自信なさそうに囁《ささや》きをかわしている。

「違うことありません」

教室内のわずかな反発の香りをかぎ取って、校長は毅然《きぜん》と言う。「だれか『友情』を見た人はいますか？　だれもそれを目で見たことも触ったこともないでしょう。でもそれがあることをみなさんは信じている。神もそれと同じです。お姿を目で見ることはできませんが、たしかにそこにおわすのです」

退屈になってきて聖書を開く。「ヨハネによる福音書」で、イエスは病で死んだラザロを生き返らせていた。墓の入り口をふさいでいた石を取り除くと、中から埋葬のときに巻かれた布もそのままにラザロが歩いて出てくる。この奇跡によってイエスを信じる人が増えた、とあるから、生き返らせたというのは何かのたとえだろうと思いたいが、それにしては「布が巻かれたままだった」というのが妙に怖い。きっとラザロの体はすでに腐っていて、もちろん脳もとろけはじめていたのだろうなと思わせるものがある。だからラザロは暗い墓穴で目を覚ました時に、自分に巻かれた布をほどいてから外に出るという頭が働かなかった。避妊手術をされる猫。慈悲と残酷は、きっと根っこの部分で同じなのだ。

雨は昼前にやんだ。

那由多は自分で作ったらしい茶色っぽいおかずばかりの弁当を食べながら、

「さっきの、どう思う？」

と聞いてきた。図書館の窓から見た光景を那由多に告げるべきなのか、そればかりを考えていたから、他の話題を振られてもすぐには対応できなかった。

「さっきの？」

「友情は信じるのになぜ神は信じないのか、っていうあれよ。その二つを並べることには何か違和感があるんだけど、もやもやしてうまくわからないの」

窓際《まどぎわ》に寄せた机の上には、購買部で買ったサンドイッチがのっている。どちらを先に食べるか決めるのが面倒だから、ハムサンドと卵サンドを重ねて一緒にかじった。射《さ》しこんだ光が透けて那由多の髪の毛が控えめに輝いている。

「友情を信じるのかどうかという点はどうする？」

「それについての議論ははしょって」

那由多の要求に、「わかった」とうなずいて、考えをまとめてみる。

「たぶんね、次元が違うんだと思う」

ご飯にかかったそぼろを箸で器用につまんでいた那由多が、「どういうこと？」と首をかしげた。ちょうどいい例がないか、記憶の中を探る。

「店番をしているときに、子ども用の『ほとけさまのはなし』みたいなので読んだんだけど」

パンはかさついていたので牛乳で喉《のど》に流しこんだ。「子どもが死んで嘆き悲しんでいる女が、ブッダに『この子を生き返らせてくれ』って頼むの。ブッダは、『今までに一度も死人を出したことのない家に行って、芥子《けし》の実をもらってきなさい。そうしたら子どもを生き返らせてあげよう』と言った。女はもちろん必死でそれを探したけれど、これまで死んだ人がいない家なんてどこにもなかった。それで女もわかったの。どの人もみんな、親しい人の死にあってきたんだ、って」

「ふんふん」

「でもイエスは女たちが嘆いているのを見て、ラザロを生き返らせてあげるでしょ。私が思うに……」

パンから押し出されて机に落ちた具の卵をティッシュで拭《ぬぐ》う。「友情っていうのはブッダと女のようなものよ。女はまわりを知ってそこに厳然とある事実に気づき、それを知るヒントをくれたブッダを信じるようになった。私たちもまわりの人との間で起こることを通して、経験則として友情がそこにあるんだ、と信じるようになるものだと思う」

「ああ、それで『次元が違う』のか」

那由多は、弁当の中の唯一《ゆいいつ》の赤味であったプチトマトの、へたを指でつまんで揺すった。「イエスがラザロを生き返らせたことは、今までの経験則なんて役に立たない『奇跡』だもんね」

「はっきりとは言えないけど、信仰っていうのはたぶん、友情みたいな経験則じゃないでしょう。そういう段階をすっとばした何か、よ。だから神さまと友だちを並べられたら、なんだか違和感があるのは当然でしょうね」

那由多を初めて見たときに、奇跡に肉薄したとは思う。でもだからといって大いなる意志の存在など感じたりはしなかった。それは「勘」に近かった。

海に隔てられた小さな二つの島で、それまではお互いの存在を知ることもなく別々に暮らしていた動物。その海をある日台風が通過した。夜が明けてから巣穴の外に出て浜辺を歩いてみると、そこには自分によく似た懐《なつ》かしいような匂《にお》いと、かじりかけの木の実が落ちている。それを見て動物は知るのだ。これはきっと、波の向こうに見えるあの島から風によって運ばれてきたのだ。あそこにも自分ととても近しい生き物が住んでいる。

それは勘だ。少し寂しさをともなってはいるが、胸が躍るような思いだ。

それではあの島の生き物のところにも、自分の匂いとかじりかけのまま忘れていた木の実が届いているかもしれない。あの島の生き物も今ごろ浜辺でそれを発見し、同胞の存在を感じ取ってこの島を眺めているのかもしれない。

でも台風は奇跡ではない。それはただの自然現象で、互いの存在を知ったのは偶然だ。波の向こうに見える島に向けて、届くかどうか定かでない木の実をそれからそっと海に流し続けたのも、神の意志ではない。動物たちの意志だ。

那由多のプチトマトはぷつりと軽い音をさせてへたから切り離される。それが植物であったことの最後の小さな痕跡《こんせき》を残して、赤い実は那由多の体内におさめられた。

昼休みの終わりに委員長が、「平岡先生は今日お休みなので、次の授業は自習です」と言った。歓声があがる。トイレに行っていた那由多がちょうど教室の後ろのドアから戻ってきて、近くの子に「なになに?」と聞いていた。

那由多はトイレに行くときいつも、「トイレに行ってくる」と宣言してから行く。

最初は面食らって、変な人だなと思った。おかしくて笑ってしまう。そんなことをいちいち断らなくていいのにと思う。気になって一度、「どうしてトイレに行くときにわざわざ『行くよ』って言ってから行くの？」と聞いてみた。那由多は自分の癖に気づいていなかったのか、「え、言うかな？」と椅子《いす》から立ち上がったままの姿勢で動きを止めた。

「うん、今も言ったよ」

「あー、言ったかな。うん、言ってるかも」

那由多は机の上についていた両手をぎくしゃくと体の脇《わき》に下ろした。そしてスカートのプリーツを指でなぞりながら、「あのね」と言った。

「小さいころ、トイレから出たら母が言ったのよ。『あらなゆちゃん、トイレだったの。急にいなくなるとどこに行っちゃったのかと思うから、トイレに行ってくる、って言ってね』って。だから未《いま》だに言っちゃうんだと思う」

那由多は親にとても大切にされているんだなと思った。那由多がすごく恥ずかしそうに、まだ指でプリーツをしごいているから、またおかしくなってしまった。それは全然恥じることじゃないのに。自分でも驚くぐらい優しい声が出た。

「トイレに行ってきなよ」

「馬鹿《ばか》にしてるでしょ、翠」

「してないよ。うんうん、やっぱりトイレに行くときはちゃんと言ってからじゃないとね」

「やっぱり馬鹿にしてる」

那由多は拗《す》ねて教室から出ていってしまった。そのまま宣言どおりトイレに行くんだろうなと思うと、笑いを嚙み殺すのがむずかしくて、机の中から本を取りだすふりでうつむいた。

小さいころからの習慣は変えがたいらしく、それからも那由多は「トイレに行ってくる」と言う。そのたびに素知らぬふりで「うん」と返す。那由多の母親が死んだとき、那由多はもう家で黙ってトイレに行くのだなと思って悲しかった。少なくとも父親が帰るまでの間は、彼女は無言で席を立つしかないのだ。愛された記憶が人を苦しめることもあるのだと、そのとき初めて気がついた。

「平岡、休んでるんだってね」

机のわきに那由多が立った。鐘が鳴って、鍋《なべ》の火を消した時の煮立った湯みたいに学校中が静まっていく。自習の決まっているこのクラスだけが、まだ昼休みの余韻を引きずっている。だれに見とがめられることもなく教室を出た。那由多と並んで屋上への階段を上る。

「淑子を迎えにいったのかな」

那由多の声が、煙突のように細長い空間に響いた。「そうだといいんだけど」

そうあってほしいと思った。平岡が、集めた悲鳴から滴《したた》った血に気づく人であってほしい。でも砂にのびた二つの人影はぼやけて、それぞれがどちらを向いているのかまではわからない。すべてが反転してしまった黒白《こくびゃく》の世界に、悪意のかたまりのような月が浮かんでいる。坊家淑子の裂けた喉からほとばしったような必死の訴えも、その影の中に沈んでしまっている。

那由多には何も言わないでおこうと決めた。そうしないと、坊家淑子がここに戻ってきたとき、那由多までが嘘《うそ》やごまかしに腐心しなければならなくなる。坊家淑子は友だちに裏切られたりなどしていない。三溝真理の思うつぼなのかもしれないが、それでもそういうことにしておきたかった。

屋上に通じる銀色の扉を開ける。雨の後で空気は冷たく澄んでいて、薄い青空が広がっていた。

フェンスに近寄って、学校の裏手に広がる丘の斜面と海を眺める。そっと金網をつかむと、ついていた水滴がいっせいにこぼれ落ちた。少し風がある。那由多は職員室から見えない階段室の陰にまわり、すでに乾いているコンクリートの上に腰を下ろした。隣に座ると、ほのかに日差しを集めはじめた表面はあたたかく、風の音も聞こえなくなった。見晴らしの良い秘密基地のようだ。

　女らは芝に坐《すわ》りぬ性愛のかなしき襞《ひだ》をそこに拡《ひろ》げて

以前に読んだ歌がふと思い浮かんだ。かなしいだろうか、と少し考えて、いいや、と思った。少なくとも那由多と二人で座っている今は。地面に広がったお互いのスカートの裾《すそ》が少し重なっている。だれもそれをとがめない。だれもそれを冒《おか》さない。地熱と溶けて一つになっていく。

「トイレで平田さんと一緒だったんだけど、『中谷さんっていいね』って言ってたよ」

すごく長い時間をかけて、船が湾を横切ろうとしていた。ここからはあまりにも距離があって、それはまるで動いていないように見える。

「なにがいいのかしら」

「さあ」

と、那由多はごつごつした階段室の外壁に後頭部を預けた。「でも私は、『そうだよ。

知らなかった？』って答えた。平田さんは笑ってたわ」

那由多の目は金網ごしに青空のどこかを眺めているようだった。掠《かす》れた旋律が喉の浅い部分からあふれた。「それなんていう歌？」と那由多に聞かれてようやく、周囲に漂った音が自分の鼻歌だったことに気づく。

「題は知らない。店番をしている時に有線で流れて、なんとなく耳に残ったみたい」

いま想像の中では、那由多のいる岩山にたどりついたらしい紺おにいさんがその歌を歌っていた。片腕には子猫を抱き、もう片方の手で草をちぎってはヤギの口元に差し出している。ヤギは文句も言わずにもぐもぐと草を食べている。那由多はオリーブを摘《つ》む手を休めて、そのかすかな歌声に耳を傾けているようだ。どこから聞こえてくるのかしら、というように。

紺おにいさんが歌を歌わせたのかもしれない。那由多に聞くなら今なのかもしれない。でももう口からは歌も言葉もなにも出なかった。音の消えた屋上に、並んでじっと座っていた。

「翠は『パンドラの箱』の話に引っかかるって言っていたでしょう。それはどうして？」

那由多は立てた両膝《ひざ》を自分の腕で引き寄せるようにして抱えこみ、少し背を丸めた。

どうして今そんな話をするのだろうと思ったけれど、彼女は膝の上に片頬を寄せるようにしてこちらを見ている。那由多は水の中に輝く小さな石みたいだ。すぐそこにあるように見えるのに、本当はすごく深いところで光っている。呼吸を整え、もう二度と浮かんでこられなくても後悔しない覚悟で潜《もぐ》らなければ、その石に触れることはだれにもできない。細く息を吐いた。

「パンドラは開けてはいけないと言われていた箱を開けた。そうしたら中にはありとあらゆる災厄《さいやく》や害悪がつまっていて、それがこの世に散らばっていってしまった。彼女は慌《あわ》てて蓋《ふた》を閉じたのだけど、その時には箱の中にはたった一つのものしか残っていなかった。それが『希望』だ、っていう話でしょ。災厄に満ちてしまった世界で、人間には希望だけが残された……」

那由多と同じように膝を立てる。冷たい空気が肌をかすめて通り抜けた。それに負けないように声を振り絞る。

「でもそれはいいことなのかしら。その箱の中に入っていたのなら、希望も災厄のうちの一つなんじゃないかしら」

「希望も災厄……」

「神さまはいじわるだから、箱の中にいっぱい悪いものをつめてパンドラにあげた。

その中のいちばんいちばん手に負えない災厄が、人間には残されてしまった、という話じゃないかといつも思うのよ」

いつのまにか視界から船は消えていた。那由多は体を前後に揺らしながら、「そうだね、そうかもしれない」と唄《うた》うように言った。

「ねえ、翠。私にはずっと水の音が聞こえていたの。今も聞こえているのかもしれない。それは私の体の奥から聞こえてくるのよ」

那由多の声は静かで、その轟《とどろ》きがこちらにも響いてくるようだった。希望もふくめたすべての災いが渦を巻いているような、荒々しい水の流れ。

「私はいやだったの。とても怖かった。だけどその音はだんだん近づいて、とうとうあふれそうになった。だからやったの」

何を、と聞いたりはしなかった。ただ凍えてしまいそうな気配だけが伝わってきた。現に那由多は震えている。声も、体も。泣いているのかと思ったけれど、那由多は涙をこぼさなかった。膝の上に置いた手の、甲に顎《あご》を乗せるようにして乾いた瞳《ひとみ》で屋上のコンクリートをじっと見ていた。

「その時だけは私、すごく楽だった。もうこれで水音に悩まされずに呼吸ができるようになると思った」

ああ男だったなら、那由多を抱きしめて慰めてあげられたかもしれないのに。だけどもどかしいほどに、その腕を持っていないのだ。そして那由多も、隣に座る人間にそれを求めてはいないのだ。できることはたった一つしか残されていない。岩山の上のヤギみたいに、そばでもぐもぐ口を動かすだけ。ただそばにいて、風にちぎれて消えてしまう、むなしい言葉を紡《つむ》ぐだけ。

「あなたがいなくならなくてよかった。本当にそう思うの」

「今は自分がこわくてたまらない」

那由多は何も耳に届かない様子で首を振った。「あいつに対して悪いとかそういうことじゃない。真っ白になってしまって人を傷つけることに何も感じなかった、今も後悔なんて微塵《みじん》もしていない自分がたまらなくこわいの」

「だけどあなたは戻ってきたでしょう」

必死になって、那由多の背をそっと撫《な》でた。どうすればいいのかわからない。那由多は膝の上に顔を伏せている。那由多の苦しみが雨上がりの空の下で震えている。後悔はしていないと那由多は言ったけれど、彼女は自分で気がついていないのだ。那由多はたしかに悔いている。たぶん暴力で何かに報復せざるを得なかったのだろう自分を責めて苦しんでいる。

「ねえ、那由多は戻ってきてくれたじゃない。それだけでいいのよ、私は。どんな那由多だってかまわない」

言ってみて気がついた。これは兄に言ってほしかった言葉だ。心の中の兄が、今日こそこの言葉を言ってくれるのではないかと毎日ずっと待ってばかりいた。だが兄はもう永遠に水の中で目を閉じている。その唇も動かない。彼はだれの手も必要ない場所で眠っている。

いくら待っていてもだれも言ってくれないのなら、せめて自分からその言葉を那由多に言おう。

「消えてしまわないで。それだけでいいの」

那由多は膝を抱いて、体を丸めたままだった。震えが徐々に止まっていくのが感じられたけれど、まだ手は軽くその背中に置いたままにした。那由多がそれを望んでいるような気がしたから。掌がぬくもってくる。こんな時でも、すごく小さな希望にすがらずにはいられない。それが箱の中に残った最後の災厄だとわかっているのに。木の実は届くこともなく、無力に海の中に沈んでしまったかもしれないのに。

那由多がどうしてノアとは別の場所にたどりつく箱舟があることを夢見ているのか、なんとなくわかったような気がした。

次代が生まれぬとわかっている岩山で、それでもその人々は家を建て、畑を耕す。そこでもきっとその人たちは、お互いの胸に印のように小さな傷をつけあうのだろう。最後の一人になって目を閉じる瞬間にも、その傷がうずくようにと。

それはたぶん、何かの熱情に操られるように定規を当ててゆっくり文字を綴《つづ》ったのだろう三溝真理や、この瞬間にももしかしたら暗い水平線のほうへ歩き出しているかもしれない坊家淑子の気持ちと、とてもよく似ている。

岩山の上でその人々は傷を刻みあう。時に愛におののきながら、時に憎しみに震えながら。ここにこんなに近しく並んで座り、だけどお互いの呼吸を感じているしかできないのと同じぐらい、残酷で慈悲にあふれたもどかしい気持ちを抱《いだ》いて。

駅から家までの短い道のりは夕焼けに染まっていた。夕飯の買い出しに来た人や、自分の寝床に帰る人の流れの中をゆっくり進む。雲のない東の空が夜の色に浸食されはじめている。あの空にまた朝日が射《さ》したら約束の日だ。きっと明日は晴れて、那由多と一緒に透き通った空気の中を歩く。

視界の隅に赤い色がよぎった。那由多の腕の珊瑚《さんご》のような気がして視線を巡らせる。にじんで濡《ぬ》れている地面に、赤い花びらが落ちている。かたわらの商店の壁をつたって、灰色のといが地面近くまでのびていた。といはアスファルトの上に透明な雨水をほとばしらせている。

　そして今また、筒の中から真っ赤な山茶花《さざんか》が水と一緒にぽとりと落ちた。灰色の卵管から吐き出された血の塊。この世で最初の出産を目撃してしまったような、畏《おそ》れに撃たれて立ちすくんだ。花びらはそのまま地面を少し押し流されて、やがて薄い水の筋の中で止まる。花弁の表面は水を弾《はじ》いてすぐに乾き、白く光る露を置いた。

　私はしばらく立ち止まって、じっとそれを見ていた。

引用文献

『ハムレットマシーン』ハイナー・ミュラーテクスト集1（ハイナー・ミュラー著／岩淵達治、谷川道子訳）未来社
『葛原妙子歌集』国文社
『岡井隆歌集』国文社

夢のようにリアル

穂村　弘

漫画や小説の「女子校もの」が好きだ。『櫻の園《さくら》』(吉田秋生《あきみ》)、『アリスにお願い』(岩館《いわだて》真理子)、『ｂｌｕｅ』(魚喃《なななん》キリコ)、『翔《と》びなさい、と星が言う』(片岡義男)、『緑衣の牙《きば》』(竹本健治)、『ヘビイチゴ・サナトリウム』(ほしおさなえ)等々、優れた「女子校もの」には外の世界の風に触れたらたちまち壊れてしまいそうな夢が描かれていてどきどきする。思春期の少女だけを集めた特殊空間に浮かぶ、泡のように儚《はかな》くても濃密な夢。

三浦しをんの『秘密の花園』はこの流れのなかにあって、とびきりの夢を抽出することに成功した「女子校もの」の傑作である。

だが、少女の夢とはいったい何なのだろう。その正体は？　ふわふわした憧《あこが》れのようなものだろうか。

私たちはまるで、言葉を知ったばかりの幼児のように「どうして、どうして」と繰り返す。どうして夕焼けは血の色をしているの。どうして私たちは体液を分泌《ぶんぴつ》するの。どうして拒絶と許容の狭間《はざま》で揺れ動く精神を持って生まれたの。

一見するとエキセントリックな叫びのように思えるが、三つの「どうして」はそれぞれ〈世界〉と〈体〉と〈心〉についての根源的な問いかけだ。ふわふわした憧れどころか、生存の本質に触れる熱いリアルの塊ではないか。

だが、現実社会という「外の世界」ではこのような問いかけは通用しない。答が与えられないどころか、初めからなかったことにされてしまうのだ。あまりにも純粋で切実な想《おも》いは現実社会のなかでは夢のようにみえる、という逆説がここにはある。

私たちひとりひとりの記憶を遡《さかのぼ》れば、このような「どうして」を一度も胸に抱かなかった者はないだろう。だが、誰もが時の流れのなかでいつしかリアリティのない「外の世界」の住人になることを余儀なくされてゆく。燃えるような「どうして」を、吹き零《こぼ》れそうな熱い夢を、ずっと胸に抱いていられるのは天才か少女だけだ。

「外の世界」の尺度で計るなら、那由多《なゆた》、淑子《としこ》、翠《すい》という本書の三人の主人公たちは全員夢に取り憑《つ》かれて狂った生物だ。そんな生物からは一瞬も目を離すことができないと思う。

八〇年代にアイドルの岡田有希子《ゆきこ》がビルから飛び下りたとき、連鎖反応のように各地の屋上から少女たちが次々に飛んで社会問題になったことがあった。

ひとりひとりの気持がどうだったのかは知りようがないのだが、「外の世界」の人間には決して理解できない、おそらくはそこから何光年も隔たった理由で、自分だけの夢＝リアリティを抱いて彼女たちは「飛ぶ」のだろう。『翔びなさい、と星が言う』のだ。

本書の少女たちもまた「飛ぶ」。ビルの屋上から垂直にではなく、日常のなかを水平に「飛ぶ」のである。

それは痴漢のペニスをカッターで切ること。

存在しない兄の名前を呼ぶこと。

教師と恋に落ちること。

脅迫手紙を書くこと。

失踪《しっそう》すること。

感度のいい文章によって、物事の大小や対人関係の遠近感が狂っている感じが見事に表現されている。いや、「狂っている」というのは、現実的、大人的、一般的な物差しで計ってということであって、本当は「正確すぎる」のだ。

駅のホームでは、みんなが静かに同じものを待っている。

その茶には、私の唾液《だえき》が少しは混じっているだろう。

洗濯ばさみのたくさんついた輪。毎日使うものなのに、その名前を知らない。これはなんという道具なのだろう。

日常の細部に対する異様な集中力と違和感、これは異星人の眼差《まなざ》しだと思う。フォーカスが精密すぎて人間の生存のためにはむしろ不都合だろう。こんな感覚の持ち主が学校のような場所に詰め込まれて他者と触れ合うところを想像しただけで怖《おそ》ろしい。彼女たちにとっては、友達の瞬《まばた》きのひとつひとつ、自らの呼吸のひとつひとつが、命懸けの「事件」になってしまうだろう。運命と自意識の三面鏡のような三人の関係がその感覚を増幅する。

最初から、那由多だけは特別だった。一目惚《ひとめぼ》れや運命の相手なんて信じはしないが、この学校の桜の木の下で彼女に初めて会ったとき、悟った。生きているかぎり、那由多にとらわれつづけていく。

なゆちゃんは、たとえば私と中谷さんの葬式が同じ日にあったとして、絶対に私の葬式には来ないだろう。

新しい箱船には翠も乗っているだろうか。

このような独白をみるとき、純粋な想いというもののどうしようもなさを痛感させられる。これに比べれば「外の世界」の恋っていうのはもっと全然どうしようも「ある」ものだなあ、などとおかしなことを考えたりもする。

最後に『秘密の花園』の特性を端的に示す作中の老教師の言葉を引いておく。

学校っていうのは不思議なところだねえ。僕はこんなに年をとってしまったのに、生徒たちはいつまでも若いままだ。いつだって十代のまま、笑ったり泣いたりしている。ほら今年も、あと数日したらまた新しく生徒たちが入ってくる。そして時が来たら去っていく。永遠にその繰り返しだ。

勿論《もちろん》、個としての生徒は教師と同じように年をとる。彼がみているものは種としての少女の「永遠」性なのだ。

（二〇〇七年一月、歌人）

本書は二〇〇二年三月マガジンハウスから刊行された。

角田光代著

キッドナップ・ツアー

産経児童出版文化賞・路傍の石文学賞受賞

私はおとうさんにユウカイ(=キッドナップ)された！ だらしなくて情けない父親とクールな女の子ハルの、ひと夏のユウカイ旅行。

角田光代著

真昼の花

私はまだ帰らない、帰りたくない——。アジアを漂流するバックパッカーの癒しえぬ孤独を描いた表題作ほか「地上八階の海」を収録。

佐藤多佳子著

しゃべれども しゃべれども

頑固でめっぽう気が短い。おまけに女の気持ちにゃとんと疎い。この俺に話し方を教えろって？ 「読後いい人になってる」率100％小説。

重松 清著

ナイフ

坪田譲治文学賞受賞

ある日突然、クラスメイト全員が敵になる。私たちは、そんな世界に生を受けた——。五つの家族は、いじめとのたたかいを開始する。

中沢けい著

楽隊のうさぎ

吹奏楽部に入った気弱な少年は、生き生きと変化する——。忘れてませんか、伸び盛りの輝きを。親たちへ、中学生たちへのエール！

福永武彦著

草の花

あまりにも研ぎ澄まされた理知ゆえに、友を、恋人を失った彼——孤独な魂の愛と死を、透明な時間の中に昇華させた、青春の鎮魂歌。

宮本輝著

私たちが好きだったこと

男女四人で暮したあの二年の日々。私たちは道徳的ではなかったけれど、決して不純ではなかった！　無償の愛がまぶしい長編小説。

梨木香歩著

裏　庭

児童文学ファンタジー大賞受賞

荒れはてた洋館の、秘密の裏庭で声を聞いた——教えよう、君に。そして少女の孤独な魂は、冒険へと旅立った。自分に出会うために。

梨木香歩著

西の魔女が死んだ

学校に足が向かなくなった少女が、大好きな祖母から受けた魔女の手ほどき。何事も自分で決めるのが、魔女修行の肝心かなめで……。

梨木香歩著

からくりからくさ

祖母が暮らした古い家。糸を染め、機を織る、静かで、けれどもたしかな実感に満ちた日々。生命を支える新しい絆を心に深く伝える物語。

梨木香歩著

り　か　さ　ん

持ち主と心を通わすことができる不思議な人形りかさんに導かれて、古い人形たちの遠い記憶に触れた時——。「ミケルの庭」を併録。

梨木香歩著

春になったら莓を摘みに

「理解はできないが受け容れる」——日常を深く生き抜くことを自分に問い続ける著者が、物語の生れる場所で紡ぐ初めてのエッセイ。

梨木香歩著
家守綺譚
百年少し前、亡き友の古い家に住む作家の日常にこぼれ出る豊穣な気配……天地の精や植物と作家をめぐる、不思議に懐かしい29章。

中島義道著
働くことがイヤな人のための本
「仕事とは何だろうか？」「人はなぜ働かなければならないのか？」「生きがいを見出せない人たちに贈る、哲学者からのメッセージ。

河合隼雄著
こころの処方箋
「耐える」だけが精神力ではない、「理解ある親」をもつ子はたまらない——など、疲弊した心に、真の勇気を起こし秘策を生みだす55章。

河合隼雄著
働きざかりの心理学
「働くこと＝生きること」働く人であれば誰しもが直面する人生の〝見えざる危機〟を心身両面から分析。繰り返し読みたい心のカルテ。

澤地久枝著
琉球布紀行
琉球の布と作り手たちの生命の物語。沖縄に住んだ著者が、琉球の布に惹かれて訪ね歩いて知った、幾世代もの人生と多彩な布の魅力。

有川浩著
レインツリーの国
きっかけは忘れられない本。そこから始まったメールの交換。好きだけど会えないと言う彼女にはささやかで重大なある秘密があった。

秘《ひ》密《みつ》の花《はな》園《ぞの》

新潮文庫　み－34－4

平成十九年三月一日発行
平成二十五年三月二十日十刷

著者　三《み》浦《うら》しをん

発行者　佐藤隆信

発行所　株式会社新潮社

郵便番号　一六二—八七一一
東京都新宿区矢来町七一
電話 編集部(〇三)三二六六—五四四〇
読者係(〇三)三二六六—五一一一
http://www.shinchosha.co.jp

価格はカバーに表示してあります。

乱丁・落丁本は、ご面倒ですが小社読者係宛ご送付ください。送料小社負担にてお取替えいたします。

印刷・株式会社精興社　製本・株式会社植木製本所

ISBN978-4-10-116754-1 C0193